U0000095

GOBOOKS
& SITAK
GROUP©

GOBOOKS
& SITAK
GROUP©

三日月書版

三日月書版

非人類公所值勤日誌
ぎょうむにっし
Public Office of
Non-human
Affairs
3
Author
醉飲長歌
Illust
cyha
三日月書版
輕世代 BL066

非人類公所
值勤日誌

ぎょうむにっし

Public Office of
Non-human
Affairs

Contents

第十五章

Public Office of
Non-human
Affairs

晏玄景蹲在門外，感覺十分費解。

自從上次林木把他扔出來起他就有些困惑了——雖然後來他瞭解到人類的羞恥心和隱私之類的觀念，但一開始的時候，他是滿心茫然的。

妖怪並沒有這樣的觀念，就比如帝休，一點也不介意有多少妖怪躺在他周圍或者是往他本體上掛。

在晏玄景的概念裡，他跑去跟林木一起睡，蹭蹭林木的月華這是再正常不過的事情。

不過引來月華的是林木本人，本人拒絕了他，那晏玄景就順理成章接受了，反正去院子影響也不大。哪怕林木把他趕出小院子，那也是他的權力。

帝休也有把自己不喜歡的妖怪趕出山谷的權力不是嗎？

畢竟林木一直都是作為人類生存，理念不同就要相互理解。

所以晏玄景之前很乾脆地就叼著窩去外頭睡了。

今天情況比較特殊，所以晏玄景就叼著窩來問問林木能不能回去睡。

——雖然始終不明白之前林木為什麼把他扔出去，但過去這麼一段時間了，如果林木改變主意了呢？

這多正常。

林木喜歡他，喜歡他的臉，喜歡抱著他的本體揉揉蹭蹭，也喜歡有人陪伴著入睡的感覺。

這些晏玄景心裡都十分清楚，所以他才提出陪林木睡覺。

而且他也沒說錯什麼啊。

林木問他要幹嘛，他當然說實話。

難不成還騙林木嗎？

之前騙了林木，林木那麼生氣的樣子，晏玄景覺得他一定十分介意這一點。

畢竟他也就只看林木生過那一次氣，雖然很快就消氣了，但晏玄景還是記得十分清楚。

再說了，這麼點小事也完全沒有說假話的必要。

他沒騙林木，實話實說了，那林木到底在生什麼氣？

晏玄景拖著狗窩堵在林木房門口，趴進軟綿綿的窩裡，十分苦惱地思考著，眉頭皺得死緊。

林木坐在床上，感覺十分費解。

晏玄景這個思路到底是怎麼長成這樣的。

倒不是說他不喜歡晏玄景這種誠誠懇懇一點都不敷衍人的性格，畢竟他也就是因為他這副有什麼說什麼的態度而有那麼一點點小心動。

要是單純看臉的話，他其實也就只想跟晏玄景當個普通朋友而已。

哪能因為一張臉就真的心動呢？真的被觸動了，那必然是因為相處的時候擦出了一點什麼東西。

雖然有的時候會很氣還很惱人，但林木其實還挺喜歡晏玄景這種過於耿直的思路的。

至少沒跟之前一樣耍人了，對吧？

令林木費解的是晏玄景怎麼知道自己喜歡他？

晏玄景要是知道林木喜歡他，那他的思維到底是以怎樣的蛇行走位一路歪曲閃躲避開所有重點，直直衝到「你生病了」和「我來蹭月華，你喜歡人形原形一條尾巴還是九條尾巴」這種內容的。

林木抱著枕頭，盤腿坐在床上，滿臉深沉地回憶著自己遺漏的點。

然後他恍惚想起了帝屋跑來的時候，晏玄景那幾句過於理直氣壯的發言。

——你喜歡我。

——喜歡九尾狐的都喜歡臉。

林木想起這兩句話，感覺自己可能找到了通往真實的鑰匙。

「……」不愧是神話生物九尾狐，思路根本不知道在哪裡。

林木深吸口氣。

告非。

不睡白不睡。

能睡幹嘛不睡。

他抬手揉了揉自己的臉，把枕頭往旁邊床上一扔，氣勢洶洶地下了床，一把打開了房門。

晏玄景趴在狗窩裡，仰頭看向突然打開門的林木，「？」

「不是要陪睡嗎？」林木說道：「我要九條尾巴。」

晏玄景仰頭看看林木，身後毛茸茸的大尾巴輕輕一甩，甩出了九條。

九條大尾巴在身後像開屏的孔雀，他翻身起來，叼著窩進了房間。

林木看著晏玄景把之前被他扔出去的窩又放回了原來的地方，然後一躍跳上了床。

林木坐在床上，看著在床上毛茸茸的一大片，忍不住伸手摸了摸那九條大尾巴。

手裡的觸感比想像中還要細軟柔滑，沾上了些許秋夜的微涼，稍一停留又能暈出些許溫暖來。

愛不釋手。

林木抱著不摸白不摸的心思，乾脆抱起了兩條尾巴摟在懷裡，把腦袋埋進細軟的毛裡蹭了個爽。

晏玄景微微僵硬了一瞬。

尾巴畢竟還是九尾狐的弱點，哪怕是親生爹娘都不太會這麼毫無顧忌地去觸碰孩子的尾巴。

沒怎麼被人觸碰過的地方總是觸覺靈敏刺激一些。

尤其還是九尾狐時時刻刻掛在心上的尾巴。

晏玄景扭頭看了林木一眼，腳無意識地按了按柔軟的床墊。

林木大概是不明白妖怪的這種顧忌。

晏玄景看著林木很是喜歡的樣子，忍住把尾巴抽回來的欲望，慢吞吞地趴了下來，兩隻前腳交疊著，腦袋趴在兩隻腳上，微微瞇著眼看著揉尾巴的林木。

林木揉了個爽。

他看向晏玄景，說道：「我想……」

床上的九尾狐顫顫耳朵。

想看人形保留著耳朵和尾巴的九尾狐。

林木對上晏玄景的視線，張嘴想說，又閉上了。

算了。

這個時候要面對晏玄景的臉還是讓他感覺很有壓力。

因為晏玄景現在變成人形的話可不就是……躺在他床上了。

林木覺得這還是過於刺激了，不利於身心健康。

「沒事，晚安。」林木搖了搖頭，轉頭關上燈，室內只留下點點月華的螢光。

這還是入秋之後晏玄景頭一次進林木房間睡覺。

擺在床旁不遠處的小電風扇消失不見了，也不知道是因為秋夜漸漸涼了，還是林木漸漸不再受到天氣寒暑的影響所以把它收起來了。

涼席也收起來換成了床單，跳上床，腳下踩的就是柔軟的墊被。

晏玄景看著林木抖開被子躺好，又從被窩裡伸出手來拿了他的兩條尾巴進被窩裡。

「……」晏玄景感覺自己兩條尾巴被輕輕地抱著，目不轉睛地盯著縮進被子裡闔上眼的林木，有點擔心會不會發生林木一腳把他踹下床卻扯著他尾巴不放的慘案。

——想想就覺得屁股有點疼。

不過大概是因為夜晚沒有那麼熱了，林木熟睡之後沒有踢被子也沒有不安分地掙動，只是在有夜風從窗戶吹進來的時候，他迷迷糊糊地摸了一圈，又抓了幾條尾巴摟過去，一副整個人都想埋進毛茸茸尾巴裡的架勢。

晏玄景看了一眼躲進被窩、只剩下一小撮髮頂留在外面的林木，將沒有被拖進被子裡的幾條尾巴一甩，把林木圈住，自己也跟著闔上了眼。

第二天，林木帶著帝休的枝條推著摩托車準備出門時，牛奶糖也從屋裡晃出來，一躍跳上了後座。

林木微怔，回過頭看向後座上那一大團毛茸茸狐狸，「你不看家呀？」

牛奶糖搖了搖頭，轉頭看了一眼被帝休下了一層又一層防護的小院子。

是帝休要求他跟著的。

帝休現在的情況比較特殊，並不具備能夠凝成實體人形的能力，但有他本體在的地方，並不太需要擔心。

當初要不是要保護懷孕的妻子和尚未出世的孩子，帝休也不至於來不及傳信給大荒的朋友們就翻船了。

根據帝休的意思，如果沒有林雪霽和林木，他甚至能夠反殺。

眾所周知，保護他人的難度跟自我保護比起來，根本就是煉獄級的。

尤其是自己所庇佑的對象在力量上來說還十分弱小的時候。

以帝休現在的情況，保護自己還是輕輕鬆鬆的，再加上小院子本身還有另外一些隱藏和守護的術法。

晏歸和帝屋來溜達的那幾趟可沒少在這裡塞寶貝，如今林木這個小院子，說是銅牆鐵壁包裹的鐵桶也不為過。

反倒是經常要外出的林木更加讓人擔心一些。

帝休能跟著走的只有一根枝條，虛弱又無助，連凝聚一個虛幻的人形都十分吃力，更別說保護林木了。

牛奶糖規規矩矩地端坐在後座上，催促地頂了頂林木的背脊。

林木被這一頂頂到了腋下，驟然往前挪了一截。

「好吧，你來也行。」林木嘀咕著，把放在前方踏板上的兩盆小型盆景往中間挪了挪，叫小人參幫忙打開院門，騎著摩托車一路騎出了村子。

媽媽走的時候家裡沒什麼積蓄，他沒錢請禮儀公司去看地修一個單獨的墓出來，媽媽走前也說走後想要待在熱鬧一點的地方，所以林木最後利用公共福利措施，把媽媽葬在了南郊一個半公益性質的公墓。

距離村子有些距離，騎摩托車大約五十多分鐘的路程。

林木在墓園外面的花店裡買了一束花。

是一大束白色的小雛菊。

喜歡照顧各式各樣植物的媽媽最喜歡的，反而是這種隨處可見、通常都用來點綴花束的小雛菊。

白花黃蕊，小小的一朵，存活率極高，也不怕狂風暴雨的摧殘，有點太陽就欣欣向榮，盛開得十分燦爛。

林木在墓園外鎖好車，把盆景搬到墓園的警衛室去。

「劉爺爺。」林木探頭進去跟看門的老爺爺打了聲招呼，「我把東西放您這一下，幫我看著好嗎？」

老爺爺抬起頭來，鼻梁上架著老花眼鏡，見到是林木，把手裡的書夾上書籤，拿出登記簿交給他，「你放著吧。」

林木抱著盆景走進來，剛準備放在牆角，便看見角落竄出來的黑影，又默默搬起來放到桌上，「我這個放您這裡，出來的時候拿，您別讓花花抓壞了。」

從角落竄出來的黑影是一隻虎班貓，老爺爺收留的，長得十分漂亮又會撒嬌。以前是隻流浪貓，但憑藉一手堪稱完美的撒嬌黏人技巧，被愛心氾濫的人類餵得油光水滑。

最後自發留在了老爺爺身邊。

林木話音剛落，貓咪就一躍跳上書桌，直奔林木衝了過來。

林木趕緊把盆景推到一旁，剛挪好，貓咪的兩隻前腳就搭上他的手臂，整隻貓拉成了長長一條，使勁探頭湊到他臉上聞來聞去，黏糊糊甜膩膩地「喵嗚」一聲，前腳抱住林木的手臂不放了。

林木對於這隻黏人貓也早就習慣了，他一手把花花抱起來，一手拿起老爺爺放在登記簿旁邊的筆，剛準備登記，就看到登記頁上前面一行寫著「林宏闊」和「林宏盛」兩個名字。

林木一怔，偏頭看向老爺爺，「劉爺爺，這兩個人走了嗎？」

老爺子扶著眼鏡探頭看了一眼，然後搖了搖頭，指了指公墓外停著的一輛車，「還沒走呢。」

「哦。」林木點了點頭，沒簽字，放下了手裡的筆，抱著貓在警衛室門口坐下。

他其實並不是很想跟兩個舅舅打照面。

雖然不知道為什麼今年他們突然就來了，但林木還是覺得能少交流就少交流的好，畢竟從他有限的瞭解來看，以兩個舅舅的觀念和生活環境，要是聊起來，十有八九會把他氣死。

林木自己也不願意在他們面前跟媽媽說心裡話。

他準備在警衛室等著，等他們出來的時候把盆景交給他們就好。

林木坐在警衛室門口的臺階上逗貓，隨手拔了根狗尾草，撐著臉，在花花面前晃來晃去。

照規定，寵物是不能帶進公墓的，就連花花，牠的活動範圍也僅限於警衛室和公墓外圍。

在公墓外圍等林木的牛奶糖看著林木進去警衛室又馬上出來，還以為出了什麼事，剛準備走過去，就看到林木懷裡抱了隻貓。

那隻貓躺在林木懷裡瞇著眼，從喉嚨裡溢出來的「呼嚕嚕」聲軟綿綿甜膩膩，傳到網路上能收割一大堆人類愛心的那種。

就連林木把牠放下，拿狗尾草逗牠的時候，那叫聲也活像個黏人怪成精。

而林木顯然很愉快。

他撐著臉，哪怕臉被遮了小半，那一點酒窩也將他的笑意暴露無遺。

晏玄景一隻小狗面無表情地蹲坐在那裡，看看林木，又看看那隻「咕咚」一下往地上一倒，露出肚皮滾來滾去撒嬌的貓。

他看到林木伸出手，輕柔地撓起了貓下巴，溫和地小聲嘀嘀咕咕著一些話。

以前林木也是這麼陪牛奶糖玩的。

以前林木也是這麼跟牛奶糖談心的。

雖然牛奶糖並不會撒嬌。

可是不管他會不會撒嬌，這待遇明明就應該是他的。

晏玄景想著，瞇著眼盯著那隻黏人貓，越看越不痛快。

九尾狐終於坐不住了。

他站起身，邁開步伐走到了林木旁，神情平靜地伸出爪子把如臨大敵的貓推到一邊。

然後慢吞吞地在林木面前蹲坐下來，抬頭把自己的下巴放到了林木還沒收回去的手掌心。

林木下意識地撓了撓牛奶糖的下巴，滿臉茫然。

「……？」這狐狸精怎麼回事啊？

林木茫然地揉著牛奶糖的狗頭，聽到花花在旁邊豎起毛「喵嗚」了一聲。

他回過神，目光落在一甩尾巴把貓咪推得更遠了一些的晏玄景身上，半晌，問道：「你幹嘛欺負人家小貓咪？」

晏玄景聞言，掀掀眼皮看了林木一眼，然後慢吞吞地轉過頭去，看向了在一旁委屈巴巴「喵喵喵」的虎斑貓。

花花被他這一看，瞬間逃沒了影。

好了，現在沒有被欺負的小貓咪了。

晏玄景十分滿意地收回視線，重新看向林木。

「？」

不是。

你幹嘛啊？

你怎麼回事啊?!

林木十分震驚，他略一沉思，小心翼翼地試探道：「你不高興？」

晏玄景倒是一點遮掩的意思都沒有，乾脆地點了點頭。

「你為什麼不高興啊……」林木有些無奈，其實他大概能明白牛奶糖不高興什麼，恐怕就是不高興他玩貓。

林木小聲嘆氣，「你又不是真的寵物狗。」

晏玄景眉頭皺了皺，礙於還有別的人類在，沒有說話。

他覺得這跟是不是寵物沒有關係，他就是覺得不高興——他難道還不如一隻貓嗎？

這貓除了撒嬌還有什麼用？

能幫林木看家嗎？

能陪林木睡覺嗎？

有九條尾巴嗎？

能讓林木整個人都埋進毛茸茸的尾巴裡嗎？

不能，沒有。

處處都比不上他，那憑什麼享受跟他晏玄景同樣的待遇。

這絕對是不可以的。

晏玄景這麼想道。

林木不知道晏玄景腦子裡又想了些什麼，他又抬手揉了一把牛奶糖的腦袋，伸手把一路拖在後頭的牽繩拉了過來，拍掉上面的灰。

帶小狗出門都得牽繩，雖然林木走的這條路線不過是從一個人煙稀少的郊區到了另外一個人煙稀少的郊區，但他還是按照規矩幫牛奶糖套上了牽繩。

晏玄景也沒意見。

因為這種繩子對於他來說毫無用處。

林木拿著繩子左右看看，剛準備繫在警衛室的門把上，一起身就看到了從公墓出來的兩個舅舅。

雙方齊齊一愣。

透過鏡頭看跟真人還是有些差別，尤其這兩個人現在看起來特別憔悴。

兩個舅舅都算是保養得很好的類型，年紀到了也依舊髮量充足沒有禿頭，穿著一身看起來大概是特意準備的西裝，打理得妥妥帖帖，連頭髮都是特意整理過的模樣。

隱隱約約還能看到一些跟林雪霽相似的輪廓。

林木張了張嘴，也不知道應該喊什麼。

雖然背地裡說舅舅兩個字說得十分順口，但當真見到面了，反而發不出那兩個簡單的音節。

於是他乾脆跳過了稱呼這個問題，向他們點了點頭，把牽繩掛在警衛室門把上，然後把放在桌上的兩盆盆景端起來一盆，說道：「給你們的謝禮。」

兩個男人怔愣了一瞬，一時間竟有些怯場。

林木倒是十分大方，「謝謝你們這幾年一直照顧我，我也沒有什麼別的特長，就只會養一點花草，也拿不出什麼厲害的東西……」

「沒有。」年長一些的林宏闊開口說道，他抿了抿唇，補充道：「你很棒。」

林木聞言，微微笑了笑，「謝謝，你們要走了嗎？」

林宏闊點了點頭。

「那我幫你們把這個搬到車上吧。」林木說著，輕鬆地抱起了兩盆小盆景。

林宏盛和林宏闊兩個都不知道應該說些什麼。

他們知道今天林木一定會過來看林雪霽，但林木見了他們也絕口不提自己媽媽的事情，讓他們無從開口。

於是他們走在前頭，領著林木到了自己的車子旁，打開後車箱。看著這個陌生的小外甥把兩盆盆景放好後就要跟他們道別，林宏盛站在一旁，開口說道：「我們……跟你外公分家了。」

林木一愣，對於兩個舅舅的舉動有些驚訝，又有些遺憾和好笑。

早該分了，林木想。

不過家家有本難念的經，每個人的想法和顧慮都不大一樣，他無意當面評論些什麼。

萬一這兩位有什麼不得已的苦衷呢。

畢竟世界大不同，什麼奇奇怪怪的事情都有。

林木看了小舅舅一眼，覺得對方大概是想跟他聊聊天之類的。

他想了想，應道：「怎麼突然就分了？」

兩個舅舅見林木並沒有轉頭就走，心中稍微鬆了口氣，「因為老爺子還想插手孫輩的事。」

到了他們這個年紀，想要彌補一些事情卻為時已晚，努力奮鬥大半輩子多少也有了些地位，地位高，要拉下臉來就總是有些架子扔不掉。

林木顯然是個懂事的孩子。

林雪霽把他教得很好——又或者是生活環境把他教得很好。

林宏闊想到這裡，比較了一下自己家裡的小祖宗，忍不住低頭摸出了菸盒，叼了根出來，剛準備點菸，又抬頭看了一眼林木。

林木對他笑笑，「我不介意。」

於是林宏闊點了菸，猛吸一口。

話一旦起了個頭，很多事情要說出來就變得順理成章許多。

「老爺子是從泥地裡乘著當年的東風爬上來的，這輩子就想著光宗耀祖。」

林宏闊作為年紀最大的一個，大概是最有發言權的。

林宏闊出生的時候林老爺子處於事業上升期，春風得意，事事都如他所願。

自然而然的，作為第一個孩子、長子，林老爺子理所當然覺得兒子也該如他所願。

要聽話，要跟他擁有一樣的目標。

比如光宗耀祖。

前腳還是面朝黃土背朝天的農民，時運不錯娶到念過書的妻子，自己也跟著認了字、學了些東西，腦子靈活了些，乘著經濟起飛的東風一躍而起，搖身一變成了A市的新銳企業家。

俗話說，人想要改變階級至少要努力三代，思想本質上始終沒有什麼變化的林老爺子，心底最大的念頭就是光宗耀祖，死後下了黃泉有臉面對列祖列宗。

所以他不允許自己的孩子超出掌控。

林家三個孩子，跑了一個女兒，對於林老爺子來說實在不算什麼。

他們那個年代，從村裡發跡的人，送女賣女的事情多了，哪怕是殺死也並沒有多稀奇。

林雪霽的媽媽走了之後，他也不太將林雪霽放在心上。

家裡第二個孩子本來就最容易遭到忽視，更不用說第二個孩子還是個女孩，上有兄長下有弟弟，林雪霽在林家就是個透明人一樣的角色。

媽媽還在的時候她還有點存在感，媽媽走了之後，除了哥哥和弟弟，就沒有誰把她放在心裡了。

一直以來，林雪霽存不存在對林老爺子來說沒什麼意義，但她未婚懷孕還父不詳這一點，直接上升成了一個恥辱。

林老爺子並不接受這份恥辱，所以他也不允許家裡的人接納這份恥辱。

他乾脆地隔絕掉了林雪霽所有的消息，而在林雪霽死的時候，要不是事情被道聽塗說的人鬧上了媒體，發覺自己還有個長孫在外，他是壓根就不想去喪禮的。

林宏闊和林宏盛這兩個兒子一輩子都對他少有忤逆，到了如今孫輩都成人的時候，他又開始強行插手孫輩的前程了。

林宏闊和林宏盛都承認自己是有些窩囊，但再窩囊，也是有底線擺在那裡的。童年的一些事故給他們的印象和陰影太過深刻，以至於一點都不想要自己的兒女步上他們和林雪霽的後塵。

一個人作為單獨的個體，未來應該由自己選擇。

假如家裡的孩子自己迷迷糊糊的沒有什麼主見，那麼為他們安排一條路讓他們順著走也無可厚非，但林家幾個孫輩都是有想法的，當然用不著。

林宏闊和林宏盛都不願意老爺子插手自己的家庭。

以前老爺子還在忙事業、一天到晚見不到人的時候倒還好，現在他退休了閒得很，天天找他們麻煩。再加上林宏盛前些時候見到了林木，又被老爺子摔了自己收藏的畫，晚上還頻頻夢見一個人在外頭孤獨死去的姐姐，頓時就忍無可忍地爆發了。

林老爺子順風順水一輩子，沒受過這種氣，當場放話說要把林宏盛趕出家門。

林宏闊本來在勸架，但他在商場上縱橫這麼多年，該有的嗅覺一點都沒少，該有的脾氣也被養出不少，他聽老爺子這麼一說，乾脆就跟著弟弟一起爆炸了。

林老爺子本來沒把這事太放在心上，直到他們兄弟兩個找來了律師，說是要公證財產大家分家一拍兩散，才著急了起來，直罵他們忘恩負義。

但林宏闊和林宏盛這一次是鐵了心要乾脆結束掉這一切，哪怕自己吃足了虧也一定要把這一套流程走完。

如果林木多留意一下最近的地方新聞，就會發現林家的事情攪得滿城風雨。

只不過林木並不關心這些，哪怕知道了，也不覺得這些跟他有什麼關係。

林木安靜地聽完了兩個舅舅的話，想了半天也沒想出應該說什麼。

他甚至對於林家到底有些什麼產業都不清楚。

過了半晌，他才遲疑著說道：「那……恭喜？」

兩個男人微微一怔，林宏闊叼著菸咂咂嘴，說道：「就是……你以後要是有什麼事，可以直接來找我們幫忙。」

林木這才領會了意思，他剛想搖頭，就想起之前聽德叔說過拆遷的事情。不過這件事他自己大概也能處理，畢竟想要人類繞開他的小院子，妖怪有一大堆方法。

但這種都市規劃開發都是一塊一塊來的，村裡有不少人都等著拆遷好搬進城裡去。

別的不說，至少德叔一家都是這麼盼望著。

林木總不能因為自己就把整個村都拖下水。

而且他眼前這兩位長輩，跟親女兒死了也無動於衷的那位顯然並不一樣。

雖然因為最近的事情而疲憊憔悴，但看得出來他們的心情頗好，像是拋下了什麼重擔，整個人都開闊起來。

而現在，他們想要補償林木，只是圖一點點心安也好。

要是在以前，林木真的一點都不想跟這兩個被外公掐著命脈、一點都不敢掙扎的長輩有什麼交流和牽扯，但他們如今的所作所為實在讓林木有些驚訝。

林木猶豫了一下，終於還是點了點頭。

「也不是沒有。」他說道：「青要村拆遷的事，如果可以的話，我希望能夠繞開我家。」

哪怕以後去了大荒，林木也要掘地三尺，把整座院子一根草一片瓦都不留全帶走。

那是林木僅有的、能夠留存的跟媽媽的回憶。

也是他唯一能夠留下來，可以跟爸爸細細訴說當年的地方。

誰都不許動。

安靜地躺在林木口袋裡的細小枝條若有所覺地微微顫動一下，隨著風輕輕嘆息一聲。

送走了兩個男人，林木捧著那一束雛菊，把牛奶糖也託給守墓的劉爺爺，又向他借了水桶和抹布，走進了墓園。

林雪霽的墓碑前已經有了一束花。

跟林木手裡的一樣，是一束開得飽滿熱鬧的白色雛菊。

林木把自己手裡的花放到那一束旁邊，又將口袋裡的枝條拿了出來。

帝休極淺淡的虛影從枝條裡飄了出來，靜靜地停在他身邊，注視著墓碑。

林木沾溼手裡的抹布，擦擦積了灰還長了些青苔的墓碑，蹲下身來，看著墓碑上嵌著的照片。

「我聽大黑說忌日的時候訴說思念，也許會變成夢交託給妳的轉世，那就不好意思打擾一下啦，媽媽。」

林木說完，把手裡的抹布擰乾，看著照片發了好一會愣。

過了許久，他才回過神來，慢吞吞地張口，輕聲說道：「媽媽，爸爸回來了，雖然有點晚。

「但今天我們一家三口，也終於算是團聚啦。」

第十六章

Public Office of
Non-human
Affairs

林木來公墓的頻率並不算高，也就一季來一趟。平時負責守墓的劉爺爺也會稍微幫忙打理一下這些墓碑，但到底還是不會特別仔細。

林木每一次來，都要仔仔細細清理一遍。一邊清理一邊嘮嘮叨叨說一些心裡堆積起來的話。

打從去年畢業之後，林木在家的時候都是孤身一人，也沒有什麼話好講。稍微回想一下，之前的一年除了偶爾出去跟新客戶簽合約和去花卉市集之外，幾乎沒有跟別人有多少口頭上的交流。

待在自己家裡也沒有發生什麼重大的事情，來見媽媽的時候也沉默寡言不知道該說些什麼。

這麼想想，也難怪他當初看到媽媽留下的照片時，會想要養一隻狗陪陪自己了。

「我本來想養條狗的，但現在用不著了。」

林木擦著底座上爬著的青苔，想到家裡那一群妖魔鬼怪，微微嘆氣，語氣變得輕快起來，「家裡現在有九尾狐，有龍，有人參、含羞草和馬鈴薯，還有一棵爸爸，養他們比養條狗熱鬧多了。

「但可惜妳看不到了。」

林木嘀嘀咕咕地說著，帝休的虛影站在他身後，微微垂著頭，目光專注而柔和地看著墓碑上的照片。

這張照片他沒有在相簿上看到，並不是嚴肅正經、像證件照一樣的遺容，而是一張角度看起來像是自拍的照片。

照片上的女性笑容明豔燦爛，笑起來眉眼彎彎的，她的睫毛長而密，光落在上頭像是碾碎了的金子粉末，閃亮亮的，讓人看了就忍不住也跟著愉快起來。

這模樣，是帝休所熟悉的那個女孩。

他靜靜地看著那張照片，聽著林木嘮嘮叨叨地從到職的事情開始說起，一半抱怨一半高興地細數著最近的事情，一件一件鉅細靡遺。

林木嘴巴不停，從上午九點說到下午一點，到最後慢慢停了下來，總需要思考一會，再接著說。

林木說累了，偏頭看向帝休，問道：「當年是怎麼回事啊？」

帝休輕輕應聲，「嗯？」

「我出生之前發生的事。」林木解釋道：「如果不願意說的話也沒關係。」

帝休倒是不覺得有什麼不能說的。

「就是很普通的，遇到了貪心的人，我一時不察……」

當年距離現在也沒有多久，帝休記得倒還挺清楚的。

因為某個眾所周知的原因，他並不擅長認路，所以每次跟著林雪霽進到城市裡的時候，都不離開她一步。

而帝休也不喜歡被許多人關注，於是他總是小心地把自己的身影隱藏起來，只讓林雪霽看到。

結果就只是林雪霽轉身去了個洗手間的功夫，帝休就被混跡在人群中的一個修行者看見了。

他人形的外表實在出色，穿著也跟當時的中原格格不入。

再加上跟著林雪霽出來的這兩年，並沒有遇到什麼擁有特殊天賦和能力的人類，帝休自己也掉以輕心，於是就被人揪住了尾巴，找上門來。

不巧林雪霽那時有孕在身，帝休當機立斷，在他們還沒來得及察覺到自己妻兒的存在時，花一大番力氣把林雪霽和她腹中林木的存在遮住，轉頭就引著人遠離了母子兩人所在的城市。

遮掩天機讓他元氣大傷，弄死了幾個窮追不捨的人類之後，撞在幾個早有準備的人類手裡，大打出手的結果就是兩敗俱傷。

這種事情在大荒幾乎是每天都上演，哪怕帝休沒有親身體驗過，晏歸他們跑去山谷裡跟他閒聊的時候，也沒少拿這些事情來舉例要他多加小心。

這也是為什麼帝休在察覺到不對時動作那麼俐落、抽身那麼乾脆。

「當時我狀況不大好，心裡多少有點預感知道大概是要出事了。」帝休抬手摸了摸自己的心口，「我很早就把這顆果實送給了你媽媽……只要她吃掉就能忘記我。」

可是林雪霽沒吃。

她不僅沒吃，還咬緊牙關守住了祕密，一守就是十八年，沒告訴任何人，包括當事人之一的林木都沒有透一點口風。

很顯然，她決定讓自己的孩子作為人類過完這一生。

只不過事不從人願。

「後來我就被捉到了，事情發展得實在太快。」帝休略一回想，說道：「本體被分成了五份，魂魄倒好一點，還差一分就歸位了。」

林木愣愣地看著帝休，過了好一會，才訥訥地說：「很痛吧。」

帝休一怔，抬手想要蓋住林木的眼睛，卻又發覺自己如今的狀態根本遮不住什麼。

他輕輕嘆了口氣，放下手搖了搖頭，「不痛。」

林木微微仰頭看他，想想也知道這肯定是假話。他收回視線垂下眼，問道：「那你沒有想跟媽媽說的話嗎？」

「沒有哦。」帝休偏頭看向墓碑上泛著燦爛笑靨的照片，輕輕搖了搖頭。

「不要害羞。」

林木覺得帝休大概是不好意思在他面前說肉麻的話，他把東西都收拾好，說道：「我同事說好好寄託思念的話是可以傳達的，你慢慢跟媽媽聊，我就先回去啦。」

帝休偏頭看著林木提著水桶走遠，輕輕嘆了口氣，目光落在墓碑上。

從他的觀點看來，這裡空蕩蕩的，一丁點屬於林雪霽的氣息也沒有了。

她已經不在了。

說什麼能傳達也是騙人的話。

每個生靈的每次輪迴都是被嚴格區別的，不可能被人找到轉世，這是任何一個妖怪都具備的常識。

真正能有幸轉世再續前緣的，僅有一個可能，就是前世立有大功德或是大冤，來世得到報償的時候，便會再有一次緣分。

林雪霽並沒有達到這樣的標準。

屬於帝休的那個人類，如今氣息消散得乾乾淨淨，找也找不到了。

帝休蹲下身來，垂眼看著放在墓碑前面的兩束雛菊，看著風掠過花瓣帶起的顫動，緩緩回過了神。

也好。

兒子倒是有個心善溫柔的好同事。

帝休在墓碑前安靜地發了許久的呆，直到有別的人來了，那一道淺薄的虛影便隨風消散，放在墓碑前的那一根細弱枝條也在瞬間不堪重負，化作齏粉。

林木走到警衛室，把手裡的水桶和抹布還給了劉爺爺，又去洗手，一出來就看到花花正在跟牛奶糖對峙。

準確來講，是單方面的對峙。

虎斑貓膽大包天，豎起毛緊盯著那一團巨大的白色毛茸茸生物，尾巴翹得筆直，對陌生的小狗哈氣。

而晏玄景端莊慵懶地趴在那裡，連個眼神都不給花花，直到聽到林木出來的腳步聲，才顫顫耳朵睜開眼，坐起身來仰頭看著林木。

林木有些無奈，把拴在門上的牽繩取了下來，跟依舊在看報紙的劉爺爺打了聲招呼，告了辭。

牛奶糖跟在林木身後，在摩托車啟動之後跳上了後座，仰著腦袋讓林木把他脖子上的牽繩取下。

林木探頭看了一眼跟在他們屁股後頭湊上來的虎斑貓，說道：「花花膽子倒是真的挺大的。」

「這貓開靈智了。」晏玄景淡淡地瞥了湊過來的貓一眼。

大概是跟著人類混久了或者別的什麼機緣。

「哎？」林木微微睜大了眼，「那牠會成精嗎？」

晏玄景又看了一眼膽大包天的貓，搖了搖頭，「多半不會。」

中原就是這點好，跟人類相處久了，普普通通的小動物不需要修行或者經歷一些什麼，也能夠開靈智。

雖然開了靈智之後也會因為過於安逸和平而浪費掉，但機會比大荒要多很多。

不像大荒，大家都是妖怪，多一個成精的就多一個競爭對手。通常來講，有幸開靈智的動植物，第一要務就是躲到一個誰都找不到的地方去。

不然就是一頓進補的食物了。

把這貓放到大荒，早就死無全屍了。

在中原傻成這樣，大概也不會有什麼好結果。

都敢挑釁他了，不是傻是什麼？

晏玄景蹲在後座上，居高臨下神情冷漠地注視著那隻躲在柱子後悄悄觀察的貓，眼一睇，剛想搬出身為青丘國少國主的威儀，就被林木拍了拍腦袋。

「別欺負人家小貓咪了啊。」林木坐上機車座墊，說道：「我又不會把花花撿回去養。」

家裡那麼一堆熱熱鬧鬧的小傢伙，還有個天天都能來好幾場全方位感官電影的爸爸，林木覺得普普通通的貓就算是開了靈智，撿回去了也會被嚇死。

晏玄景聽林木這麼一說，也乾脆地收回視線，端端正正坐在林木後面，威風凜凜地駕著風乘著摩托車回家。

林木隔著老遠看到了自家院子，加快速度「咻」一下到了院門外，隔著柵欄跟爸爸的本體打了聲招呼，「我回來……」

話說到一半戛然而止。

他看到剛才被帝休的主幹遮擋的一根枝條上，懸空吊著兩個涕泗橫流臉色慘白、滿臉驚悸的男人，彷彿被嚇得不輕。

他們正下方是一口陰森森的井，而院子也不再是院子，場景是一間昏暗的洗手間，有一個水龍頭正「滴答滴答」往下滲出水來。

小人參和另外幾個小妖怪大概已經被摧殘得麻木了，對院子裡的畫面毫無反應，一個個翹著屁股自顧自地照顧院子新種下的靈藥。

但在林木的視角看來，他們在刨洗手間的地面，顯得十分詭異。

林木猛地往後大退幾步，反手抓住牛奶糖的尾巴，十分緊張地喊了一聲，「爸爸！」

正在看鬼片的帝休聽到兒子的聲音，探出頭來，院子裡昏暗陰森的場景瞬間消散，露出原本的天光來。

小人參抬起頭，看到林木，兩眼一亮，「林木你回來啦！」

他拿著小塑膠鏟「噠噠噠」地跑到那兩個人類下面，舉起鏟子踮著腳戳了戳他們的腳底，特別自豪，「我抓的！」

帝休帶著誇讚的神色點了點頭，對林木補充解釋道：「跟著秦川來的。」

林木抬眼看向那兩個男人，意識到這兩人應該就是他們想找的、擁有尋找走脈技巧的人。

帝休也知道自家兒子肯定對如何逼供審問沒有任何經驗，這種事當然還是由晏玄景或者他來比較快。

他這麼想著，偏頭看了一眼晏玄景，卻發現這隻小狐狸的注意力完全沒有在那兩個找上門的人類身上，而是看著自己被林木抓住的尾巴，打了個哈欠。

帝休多少有些驚訝。

九尾狐極少讓別人碰尾巴，哪怕是夫妻之間，也會顧及到彼此的感受不去觸碰。

帝休跟晏歸相處這麼些年，也很少有主動親手去摸摸那九條大尾巴的機會。絕大部分都是晏歸蹲在他的本體上甩著尾巴晒太陽耍廢，偶爾掃到他本體，讓他能夠感受到那一點點狐尾的柔軟。

「木木。」帝休喊了自家寶貝兒子一聲，指了指他手裡的尾巴，「太失禮了。」

林木順著帝休指的地方低頭看了看，不明就裡地鬆開了手，疑惑地問道：「怎麼了啊？」

「九尾狐的尾巴是他們力量凝聚的象徵和弱點，不……」

帝休說到一半卡住了，他後知後覺地意識到晏玄景好像完全不介意的模樣。

帝休目光一轉，看向了晏玄景。

他完全是一副無所謂的樣子，並沒有露出以前晏歸被摸到尾巴時那種爆炸的情緒，彷彿已經習以為常。

帝休恍惚地回想起這位賢侄在當初第一次見面的時候就說林木喜歡他這件事，只覺得腦子一片空白。

「……」帝休腦子嗡嗡響。

響了老半晌，他回過神來，第一個反應就是——幸好青丘國國主不是世襲。

帝休以前十分疑惑地詢問過晏歸，為什麼青丘國的國主不是世襲制。

晏歸當時很乾脆向帝休解釋了。

按照青丘國的規矩，國主的位置是九尾狐一族決定，而這個決定，一般來講就是自願加上一些武力，至於一些治國手段和觀念，有的是時間慢慢學習。

但在以前不是這樣的。

到晏歸的上上一代國主時，青丘國的國主還是世襲，直到上上一代國主，上位的都是主修魅惑這一派的九尾狐。

這隻九尾狐性子不安定，仗著自己強悍的魅惑天賦和修行，腳踏十幾條船數百年穩穩不翻船，十幾個情人之間的修羅場攪得整個大荒腥風血雨不得安寧。

結果一時不察招惹了不該招惹的對象，那一代國主收拾收拾細軟，拍拍屁股乾脆跑路了。

沒有後代，沒有什麼親屬，也沒留下什麼傳位的旨意。

但國不可一日無君，倒楣事不可以沒有人扛，一群九尾狐湊在一起商討，誰都不想接這個燙手山芋，乾脆就集體打了一架，最後輸了的就被扔去當國主了。

也就是晏歸的上一代國主。

上一代氣得要死，上任之後第一件事就是公報私仇，把以前的世襲制廢了，然後指名了當時打架第二名的晏歸當自己的繼任者。

為什麼不指定第一名呢？

因為第一名是九尾狐一族出了名的火辣美人，美豔，凶狠，實力強，毛色純，眼波一轉便透出萬般濃情蜜意，危險又撩人。

這位大美人是整個九尾狐年輕一代雄狐的夢中情狐。

不敢指名，一方面是怕被妹子暴打，另一方面是因為這位夢中情狐——被晏歸追到手了。

他把前代留下的爛攤子收拾好之後，就乾脆卸任，把責任推給了被他強行安上少國主的位置、結果被族裡抓著上課上了幾百年的晏歸。

晏歸上位之後覺得自己不能一個人倒楣，於是乾脆大手一揮就說以後青丘國國主的武力值都得是九尾狐一族的巔峰。

當然，他老婆不算。

這一點沒人反對，畢竟在大荒，說來說去還是拳頭硬最為重要，身為國主要能夠保護一方平安是最基本的。

而很不巧，晏歸的親兒子晏玄景，就是這一代九尾狐打架最強的。

尤其是晏玄景歷練完回族裡之後，好像天生就少了修行魅惑之術的那根筋——他就連魅惑之術最基本的化形，練習來練習去也沒練出什麼名堂，上這堂課的時候還喜歡恍神，反倒是一接觸打架之類的就進步飛速，堪稱一日千里。

大概是因為小時候沒少被族裡長輩和自己父親的朋友摔打，再加上很小年紀就被爹娘扔到大荒最混亂的底層去翻滾，以至於全部身心都投入了這一方面。

畢竟在那種地方，魅術半點屁用都沒有。

帝休當時聽晏歸說完，只覺得十分神奇。

畢竟晏歸帶來給他的書冊中，也有不少記錄著一些國家和城邦勾心鬥角就為了上位的祕辛。

但放眼望去青丘國好像沒這麼多名堂。

晏歸說其實也有，但都不是九尾狐一族的內部鬥爭，而是別的妖怪想作亂，晏玄景剛出生沒多久才有記憶的時候就受過這種罪。

主要是因為九尾狐大多都比較喜歡自由自在的生活，他兒子那種富有責任感的才是基因突變。

但青丘國國都那片土地是他們一族的發源地，是他們的根，所以他們是斷然不會放棄國主位置的。

帝休看著林木推著摩托車進屋，屁股後頭跟著一株人參、兩株含羞草，還有躲在屋裡探頭探腦露出一小截龍鬚的秦川。

然後轉頭看向跳下摩托車蹲在地上，仰頭看著被吊起來的那兩個人類的晏玄景。

幸好青丘國已經不是世襲了，用不著擔心這個國度後繼無人。

不過講實話，以九尾狐的隨性程度來看，就算是世襲，等到晏玄景真的上位了，又跟林木在一起的話，八成會直接宣布廢了世襲制吧。

畢竟是不能以常理揣測的九尾狐。

帝休收回視線，也抬眼看向那兩個人類，說道：「我問過了，他們是跟著前兩天被你困在山裡的人來的。」

晏玄景聞言輕哼一聲，並沒有多意外。

因為天生力量比較弱小，人類總是習慣結伙，雖然彼此之間也沒有什麼信任，但哪怕臨時合作也能做出很不得了的事情來。

看看翻船的帝屋吧。

他可是如今大荒妖怪教育孩子的典型反面教材。

只要教導自家孩子不要輕敵、不要掉以輕心，基本上帝屋都要被拉出來講一遍。

「目的呢？」晏玄景問道。

帝休答道：「是秦川，他們說已經不少人知道有走脈在這附近的消息了。」

起因其實還是最近大荒來的妖怪太多了，有不少一直以來都隱藏在中原的妖怪和修行者都到了這附近。

要是在千年前靈氣還充足的時候，是不會有這麼多人過來的，因為即使他們個人的實力足夠，也要掂量一下自己是不是會被別人阻攔或者直接滅殺，實力不夠的人根本不會前來。

但現在不同。

現在大家都半斤八兩，結個伙再正常不過。

如今能夠找到的妖怪很少了，妖怪抓到妖怪，可以吃了增長實力，而人類抓到妖怪就更不用說了，多的是使用方法。

再加上還聽聞這附近有走脈出沒，來的人就更多了。

修行者和妖怪都是普通人類法律管不到的範圍，他們有另外一套規矩，也有管理者。林木所處的公所辦事處，就是協調妖怪和這些特殊人類之間關係的公家單位之一。

不過這也擋不住人家壓根不管規矩、我行我素的態度。

至少在林木單獨上班的這段時間，就根本沒有收到過有人類到這邊打探的報告。

甚至要不是晏玄景和帝休之前聊天時談起了這件事，他連青要山這邊有不少人來探查了都一無所知。

晏玄景說道：「這段時間秦川不能出去了。」

帝休點了點頭，「已經不准他出去了。」

「我再問問。」晏玄景說著，化作了人形，偏頭看了一眼帝休。

帝休會意，轉頭飄進屋子，妖力一轉關上了門窗，進去安撫兒子。

別看晏玄景一身正氣威嚴的樣子，歸根究底他還是個妖怪。

林木肯定沒見過妖怪真正使出強硬手段的時候是什麼模樣。

帝休拿著平板，點開了之前小人參學習的一個甜點影片，走到自家兒子身邊，說晏玄景想吃冰淇淋泡芙。

小人參相當配合，他抓著林木的衣襬，童言童語地撒著嬌，要跟林木一起做。

「林木你最近都不陪我玩了，陪陪我嘛。」

林木想說做甜點也不算玩，但看著小人參眼巴巴的樣子，還是點了點頭。

晏玄景把痕跡都處理好回屋的時候，林木正巧填好了泡芙餡，見晏玄景回來了，乾脆端了一盤給他。

狐狸精一愣，有些茫然地接過，並十分順理成章地吃了一顆。

「好吃嗎？」林木問。

晏玄景想到林木剛剛放下的工具，點了點頭。

「那就好。」林木鬆了口氣，自己也吃了一顆，含糊著問道：「問出什麼東西來了嗎？」

窩在客廳的幾個妖怪齊齊一頓。

林木嘆氣，「你們真當我傻子呀，這都看不出來？」

帝休不大好意思地垂下眼來，小人參傻傻地「嘿嘿」笑了兩聲。

「他們說他們是個體戶，避開了幾個大家族來的。」晏玄景說著，拿出一個圓勺狀的指南針，看著那個指南針在手上滴溜溜地使勁轉圈圈，說道：「這個是探查走脈的東西。」

不過因為帝休和晏歸扔了不少隱蔽和誤導的護符陣法在這裡，所以這個指南針的用處實在不大。

而走脈雖然不可能在一天之內橫跨全球，但至少日行千里是沒有問題的，所以被抓到的可能性還真的挺小。

秦川這種傻到爆運氣又不大好的小笨蛋除外。

要不是他去山裡玩的時候被看到了，也不至於引來這麼多人。

但要不是大荒最近糟糕事很多，大荒的妖怪也不會大規模遷徙過來，搞得青要山妖氣沖天，吸引來最初發現秦川的人類。

總而言之就是秦川倒楣，倒血楣。

等帝屋來了，把這個指南針交給他就可以了。

帝屋雖然現在實力大減，但還是追得上走脈。

林木叼著泡芙，聽爸爸和晏玄景一句接一句說著話，稍微聽了幾句知道事情相當順利，乾脆就不聽了。

至於那幾個人類的結果，林木也懶得問，免得自己給自己找不自在。

他拿了幾顆泡芙上了樓，順便打了通電話給帝屋，結果帝屋的手機關機了。

秦川一條龍躺在二樓陽臺上耍廢，發覺林木來了，甩了甩尾巴，期待地問道：

「拿到能找走脈的東西了，帝屋是不是會過來啦？」

林木餵了顆泡芙給他，點了點頭，「我傳簡訊給帝屋了。」

秦川聞言，咬著泡芙「嘿嘿」傻笑了兩聲，然後又失落地低下頭，「但他肯定還是不會帶我走，因為我比他更是活靶子呢。」

林木想了想，發覺好像的確如此。

帝屋的行蹤好歹還得靠老烏龜占星卜卦呢，秦川身為走脈卻被研究得很透徹，稍微有點能力的人類都能發現他。

「等他集齊本體和魂魄應該就好了吧。」林木不確定地說道。

「那最好啦。」秦川聽林木這麼一說，又高興得甩起了尾巴。

林木第二天去上班的時候，一推門就發現，有好幾個人類在辦公室跟大黑對峙。

他聽了一會，從大黑的話裡聽出那幾個人類是中原的妖怪和修行者管理人。

他們今天是為了最近青要山這附近妖怪越來越多的事情來的，主要訴求是希望妖怪控制一下移居中原的數量。

畢竟妖怪多了變數也多，容易出事。

大黑翻著白眼跟他們胡扯，「大荒那邊出問題我們也沒辦法好不好，通道就開在那裡，難道你能擋住那邊的妖怪過來？而且大荒那邊的事情不簡單，都已經派了隻九尾狐過來看著了，哪會有膽大包天鬧事的妖怪啊？」

那邊的人也很無奈，「九尾狐的危險程度明顯還要更大一些吧。」

大黑有點氣，「不是九尾狐誰管得住那群妖怪啊？你們嗎？我告訴你們，最近跑來青要山的人類除了幾個大家族有申請，沒有一個走正規手續，我還沒找你們麻煩呢！萬一他們惹毛了九尾狐，我們全都完蛋，一個都別想跑！」

林木拉開凳子坐在大黑旁，翻開了大黑手邊的資料。

上面記錄的是一些提出申請的大家族。

林木翻完了資料，感覺手機震動了兩下，他掃了一眼，是帝屋傳來的簡訊。

簡訊上寫了一大串名字，全都是林木剛才在資料上看到的。

他疑惑地往下滑這則長長的簡訊，看到了最後一句。

帝屋說：**那些人去青要山了，把他們留下，帝休的殘魂和一部分本體在他們手裡。**

林木手上一緊，不小心抓破了這一疊文件。

他聽著大黑和這幾個人類打著太極，說死了不能封閉通道。大荒和中原本來就是兩邊可以當彼此避難所一樣的存在，現在大荒有難，總不能把大荒的妖怪都往死裡逼。

林木撫平了那疊紙，扯出個乾巴巴的笑臉來，發現真要笑起來挺難的，於是笑容一點點變得寡淡，最終十分平靜地插嘴說道：「不能封閉通道，那就封山吧。

「青要山這一片占地面積那麼大，十六個山頭，足夠容納很多妖怪了，封山的方法總有不少吧？封山只准進不准出，出來要找我們兩方申請蓋章通過就好了。」

那邊的幾個人類頓了頓，看向剛剛一直沉默不語的林木，問道：「你是……」

「我同事，林木。」大黑介紹道，思考了一下林木的話，覺得可行性很高，「我覺得封山可行，我這裡存著不少老烏龜留給我的陣盤，到時候陣法一放安安穩穩。」

幾個人類討論了一下，覺得也是個辦法。

他們擔憂道：「但你也說了，如今青要山有九尾狐看管，封山會不會……」

大黑一聽，扭頭看向林木。

林木渾身上下散發著九尾狐的氣息，都快把他自己本身的氣息壓住了。

大黑一咂舌。

這顯然不是林木手腕上那條手繩能做到的，而是他這些日子一直都跟晏玄景很親近。

「九尾狐那邊的話，我去說就好了。」林木垂下眼，聲音異常平和，「我跟他的關係……姑且還算不錯。」

林木這個發言讓知情的大黑和不知情的幾個人類都有點困惑。

大黑思考著林木把晏玄景這麼個大妖怪當寵物養都沒被打死，這還真不是一個「不錯」就能輕輕鬆鬆說明白的。

再加上老烏龜有跟他暗示過林木的血脈應該不簡單，大黑那時還沒有什麼實感，現在把林木跟九尾狐劃上等號之後，就覺得有點不得了。

能這麼折騰九尾狐——還是青丘國的少國主，卻一點事都沒有，怎麼想都絕對是因為有什麼不得了的血脈或者背景。

再聯想一下林木父母那一欄的空白和一開始的茫然，也只能得出血脈很不得了的答案了。

而人類那邊想的就比較多了。

他們跟公所辦事處是合作關係，畢竟是共用同一個公務員體系，薪水也是上層發下來的，手裡當然有林木的資料。

不過他們一直沒把林木的存在放在心上，因為林木的資料和履歷看起來實在平平無奇，而且還是個半妖，也沒有參與上一次去追捕帝屋的任務，大概就是個普普通通的打工仔。

結果這個打工仔竟然說出自己跟九尾狐關係還不錯的話！

幾個人類你看看我，我看看你，還是有點不大相信。

這個半妖看起來實在年輕又水嫩，跟個普通人類似的，看起來戰鬥力和攻擊性就不怎麼強，怎麼跟九尾狐當朋友？

但人不可貌相這件事，他們還是明白的。

能夠做主的人類輕輕嘆了口氣，詢問道：「你去問的話，大概什麼時候能夠得到答覆呢？」

林木聞言，抿著唇笑了笑，拿出手機來，「現在就可以。」

幾個人類齊齊愣住。

大黑擺了擺手，「那你趕緊去問吧林小木。」

「好。」林木去外頭打電話給晏玄景。

晏玄景接到電話的時候，正在青要山主峰的山體拿信。

中原和大荒的通道就在山體內部，對於妖怪而言進入山體內部並不是什麼難事。

大荒又傳來信件給晏玄景，這次寫信來的並不是晏歸。晏歸因為調查事件進展得還挺順利，乾脆先留在中原替帝屋保駕護航。

這次寫信來的是晏玄景的母親。

手裡的信件帶著一陣惑人的香氣，晏玄景正準備拆信，手機就震動起來。

這號碼也就林木一個人會打來而已。

晏玄景將信拿在手上，接通了電話。

林木站在街道旁，看著零星往來的車輛和行人，小聲說道：「能不能麻煩你幫個忙呀牛奶糖？」

他的聲音很低，稍顯喑啞，低落的情緒非常明顯。

晏玄景眉心微微攏了起來。

幾個攜家帶眷剛出通道的兔子精，一抬頭就看到了這麼一個低氣壓的大妖怪，嚇得又縮回通道藏了起來。

晏玄景目光掃過那邊，一抬腳走出了山體，問道：「發生了什麼事？」

林木張了張嘴，剛想把事情說出來，左右看看四周，又改了口。

「具體的事情回家再跟你講，就是有人類來我們辦公室，說最近從大荒那邊來的妖怪太多了，怕出事。我提出封山，他們覺得可以，就是怕你有意見。」

「封山？你……」晏玄景頓了頓，隱隱意識到林木話裡有話，聽林木說回家再講，就嚥下了話頭，糾正林木道：「青要山並不是我的領地。」

林木一愣，「可是大家都說青要山現在的頭頭是隻九尾狐。」

「謠言。」晏玄景說完，抬頭遠遠的看了一眼趴在山腰岩石上晒太陽的青要山山神，開口道：「我替你問一問山神。」

林木也不是很懂這中間的運作，聽晏玄景這麼一說，就點了點頭，「哦，好。」

晏玄景跟山神的關係還算不錯，聽到要封山的事情，山神也沒什麼意見。封山而已，又不是要把這片山林鏟平，山神對於這種事情一點都不在意。倒是封了山山裡會熱鬧不少，山神覺得說不定又能抓幾個妖怪陪自己玩了。他最近弄來了一堆棋牌遊戲，正愁沒人陪他玩。

晏玄景把他的意思轉達給了林木，聽到林木那邊悶聲回應了，聽起來沒有放鬆下來的意思，說道：「回來把事說清楚，我會幫你。」

「……」林木微怔，聽著電話那頭隱約傳來的風聲與鳥雀的輕啼，長長地呼了口氣，揉了揉臉，語氣變得輕鬆了些許，「那太謝謝你啦。」

晏玄景聽林木這麼一說，皺起來的眉頭放鬆了幾分，卻又覺得心裡不是滋味。他也不去細想，就只是跟著自己的想法，順其自然地說道：「不用說謝謝。」

電話那頭的林木靠著牆，張了張嘴，手背在背後摳著牆面，嘀咕道：「不說謝謝說什麼啊？」

晏玄景被問倒了。

他眉心擰得更深了幾分，感覺茫茫然找不出答案，有些無力又有點莫名的緊張。

緊張。

晏玄景低頭看了看自己拿著信件的手，覺得自己怎麼也不該在跟林木這個弱得要命的小半妖講電話的時候感到緊張。

林木又不是敵人。

更不是什麼強悍的妖怪，根本用不著他緊張對待才是。

電話兩頭陷入了沉默。

最終晏玄景選擇跳過了這個話題，說道：「早點回來。」

「哦。」林木撇撇嘴，掛斷了電話，轉頭回辦公室。

大黑還在跟那幾個人類嘰哩呱啦地胡扯。

「我現在就怕山裡進去幾個普通人，看到了什麼不該看的。最近不知道為什麼跑過去的人那麼多？就算是我們這區妖怪數量超標了，也不至於跑來這麼多人吧？我很懷疑啊，我真的很不放心那些人類……」

林木聽到大黑這麼說，又掃了一眼那幾個苦笑的人類。

正在商討封山事宜的人類也在抱怨，「我們也怕普通人誤闖啊，也想知道到底怎麼回事啊。但都幾百年沒有這種妖怪潮了，他們這麼激動也無可厚非。」

另一個人類也跟著說：「那幾個大家族還知道先通知讓我們好管理，那些個體戶根本就不管這些啊，我們又不可能每個都抓起來。」

「就是啊，封山肯定還要加班。要加派人手，要處理登錄和進行後勤安撫，還要被被害人的家人朋友找碴，很麻煩的。」

大黑「嘖」一聲，對於這種事情一點都不意外。

中原針對他們妖怪和特殊人類的規則畸形殘酷，弱肉強食這種赤裸裸的叢林法則是完全被放任的。

作為管理者，他們只對登記過並主動上門求助的妖怪和特殊人類負責。

他們是不管私仇的。小範圍的殺人奪寶，只要不涉及普通人，他們也不管。

平日都是自家各掃門前雪，除非主動找上門來，或者出現了什麼喪心病狂的人物，又或者發生了什麼不得了的大事，他們才會主動參與。

比如帝屋的事情，他們發現帝屋並不是毫無目的的報復之後，就乾脆撒手不管了。

而這一次也是因為可能會牽扯到普通人類，所以他們才決定想辦法解決這件事。

不然哪怕青要山殺翻了天，他們也不會去管，最多在有登記過的妖怪跑來尋求庇護的時候幫上一把。

大黑抬眼看向林木，問道：「說好了嗎？」

「說好了，封山沒問題。」林木坐回了大黑身邊，聽著另一邊的人類抱出電腦來，一面準備開視訊會議，一面嘀嘀咕咕地抱怨麻煩。

林木沉默了好一會，才開口說道：「你們不知道嗎？」

幾雙眼睛齊齊看向林木，「知道什麼？」

林木眨了眨眼，「青要山來了一條走脈，那些大家族都是來找走脈的吧。」

辦公室寂靜了兩秒，然後齊齊倒吸一口涼氣。

林木補充道：「晏玄景說的。」

大黑聽林木這麼一說，感覺有點牙疼，「那些大家族的消息一向比我們靈通，但今時不同往日了啊，龍脈是不可能被他們幾個家族分掉的。」

跟古早時候找到了龍脈就可以立地造府的年代不一樣了，如今龍脈除了能夠蘊養日漸稀薄的靈氣之外，還有個巨大的用處就是使國運昌隆。

神州大地上存留的龍脈越多，國運便能蒸蒸日上，繁榮昌盛。

這些修行的家族到了如今，受時代限制沒幾個修出名堂的，他們抓龍脈，那就是在國運頭上動刀。

這換誰都不能忍好嗎？

以前上層一直不管，是因為他們修練不出什麼名堂，但也的確有壓制那些入世妖怪的必要。如果他們真敢在國運頭上動刀，恐怕是怎麼死的都不知道。

上層藏著的東西可不少。

真要出手了，說是金手指攻擊都不為過。

「怎麼這麼麻煩啊……」幾個人類的表情更愁苦了，唏噓道：「怪不得他們把消息藏得這麼緊，這山不封不行了，等我向上面報告先加派點人手啊，他們本家也得看緊點。」

林木平靜地倒了杯水給自己，看著辦公室忙忙碌碌的幾個人類和霹靂啪啦敲起鍵盤的大黑，慢吞吞地喝了一口。

「林小木你別摸魚了！」大黑指了指樓上，「去樓上把申請入山的幾個家族的資料拿下來影印幾份。」

「哦。」林木嘟噥著應了一聲，一起忙碌了起來。

林木頭一次認識到公家機關要正式執行一件事到底有多麻煩。

他昏天黑地忙了一天，加班加到晚上九點，該整理出來的資料才堪堪完成了三分之一。

人類那邊要提出的報告就更麻煩了，事件利弊風險、可能損失和效益全都要整理出來。

到林木下班的時候，幾個人類還窩在他們辦公室昏天黑地，人人一杯大濃茶，還摻雜著咖啡的香氣。

林木帶著滿腦子的行政術語渾渾噩噩地回了家。

回家之前還記得把整理出來的資料率先傳給了帝屋一份。

上頭接到報告後要審核報告、核實情況，然後開會討論加派人手，這一條流程下來需要不少時間，這麼長時間足夠帝屋暗地裡動點手腳了。

就算帝屋不動手腳或者來不及動手腳，之後也會有人來制裁，用不著帝屋親自動手沾上殺業，豈不是兩全其美？

林木跟家裡的人打了聲招呼，疲憊地倒進沙發裡。

晏玄景走到他旁邊，被林木塞了支手機。

林木趴在沙發裡睏倦地說道：「具體事情就這樣……」

晏玄景拿過手機，手機螢幕上是林木跟帝屋的聊天視窗。

林木在此之前連續傳給帝屋好幾個檔案。

晏玄景剛準備往上滑看看聊天記錄有什麼問題，就看到帝屋新回了一封簡訊過來。

一個親親的表情符號，還有一個 lovelove 的貼圖。

「……」為老不尊！不知羞恥！

晏玄景看著那兩則新回覆，指尖停留在螢幕上，眉頭越皺越緊。

第十七章

Public Office of
Non-human
Affairs

晏玄景看了帝屋回覆的兩封簡訊半晌，最終還是選擇跳過自己心中的不快，林木的事還是在他心裡占了上風。

晏玄景往上滑了滑螢幕，掃了一眼那一串長長的名單，知道是怎麼一回事之後，輕輕挑了挑眉。

他偏頭看了一眼趴在沙發上微微闔著眼，顯得很累的林木。

怪不得當時情緒會那麼低沉，原來是仇人送上門來了。

晏玄景在這方面的嗅覺還是相當敏銳的，他幾乎馬上就意識到林木說要封山的本意並非出於處理公務的態度。

他的私心占據了上風，封山是想要甕中捉鱉。

把那些人先關起來，跟外界隔絕了，山裡不論發生什麼血案都不會驚動外頭，畢竟針對他們這種存在的規則本身就很不講道理也沒有人性。

從規矩上來講，沒有登記戶口並主動找他們求助，視同放棄他們這種指導單位的幫助。

他們不會主動插手，而且哪怕求助了，那這些人能不能走、從哪裡走都得在林木這裡處理過一遍才行。

因為封山是妖怪跟人類兩邊一起合作，不經過林木也會經過大黑的手，這中間可以耍花樣的空間很大。

倒是個不錯的解決方法。

狐狸精托著腮，指尖輕輕敲擊著手機螢幕，發出細微的「噠噠」聲，只不過人類那邊會不會重視這件事，會不會對同類睜一隻眼閉一隻眼把人放走比較不好說。

林木眼睛睜開一條縫，盯著晏玄景，「怎麼了？」

「你要怎麼保證人類那邊對這件事的重視？」晏玄景乾脆地問道。

「……」林木抿了抿唇，有些遲疑。

他抬眼看看晏玄景，發覺晏玄景的目光還落在手機上，沉默了好一會，才小聲說道：「我告訴他們有條走脈在山裡，那些人是為了走脈來的。」

晏玄景聞言，頗為意外地看向了林木。

林木提出封山在他看來還在正常範疇之內，畢竟人類那邊都找上門來尋求解決方法了，他順水推個舟想出這麼個法子並不困難。

但把秦川的存在說出去，這就真的讓晏玄景感到驚訝了。

秦川再怎樣也算是林木比較熟悉的對象——說是朋友也八九不離十了。以林木慣有的態度來講，他怎麼樣都不會把朋友置於危險之地才對。

林木被晏玄景打量著，感覺十分不自在。

他在辦公室把走脈的事情說出來的時候就已經很不安了，被晏玄景這帶著點詫異和打量的目光一盯，頓時從沙發上站了起來，如坐針氈。

「我就覺得……家裡很安全，而且你在、爸爸也在，再不然還有帝屋和你父親。」林木垂著眼，有些緊張地抓著沙發的軟墊，小心翼翼地說道：「秦川的安全應該沒有問題。」

晏玄景察覺自己的目光讓林木不自在了，他收回視線，聽到林木這麼說，點了點頭，「有我就夠了。」

林木抬眼看看晏玄景，覺得他的重點是不是有點歪。

「雖然有些意外……不過幹得很漂亮。」晏玄景評價道。

身為一個妖怪——一個半妖，在有後臺有靠山的時候，面對能力遠不及自己的人類要是還畏手畏腳的，那還像樣嗎？

別說妖怪了，就連人類都知道合理利用自己現有的資源來獲取利益。

至於很多人類介意被當成誘餌這種問題，在妖怪的思維中是無所謂的。

妖怪才沒有那種辜負他人信任時的罪惡感呢，輕信他人、無法保護自己，被賣了那也只能自認倒楣。

如果一個妖怪本身足夠強大，那麼他身邊的朋友極少會選擇背叛或出賣。

因為這麼做的成本實在太高了，加之時間漸久，不合適的朋友都被過濾掉，最終留下來的，大多就是肝膽相照英雄相惜的同類了。

至於那些弱小到不值一提的妖怪，很少需要實踐這一點認知，因為他們沒有什麼被背叛和出賣的價值。

總而言之一句話。

作為妖怪，之所以被他人出賣，有且僅有一個原因：不夠強。

這對絕大部分妖怪是完全行得通的邏輯。

所以晏玄景雖然多少有點驚訝，但這份驚訝是出於以林木的邏輯去推斷事物所帶來的，而並非這件事本身。

對於這件事，他覺得林木沒毛病，甚至做得還挺好的。

林木解釋說因為有他在，所以才敢把走脈的事情說出去這番話，更是讓晏玄景心裡舒坦得不行。

至於林木後面加的那幾個名字，都不重要。

反正晏玄景自己是舒坦了。

林木仔細看了看晏玄景，發覺他好像真的沒有什麼特別的表示，不由得有些呆怔。

他還以為至少會被教訓一番。

「秦川不會有事對吧？」林木問道。

晏玄景掀了掀眼皮，「不會。」

林木鬆了口氣，「那我上樓去找秦川，這件事還是要跟他說一聲。」

晏玄景看著林木匆匆忙忙地穿上拖鞋，「啪答啪答」地上了樓，直到對方的身影消失在樓梯口，才慢吞吞地收回視線。

還是天真了點，他想。

這大概是帝休家祖傳的天真。

……不過也挺好。

狐狸精想起林木剛剛拘謹又帶著點小心翼翼的模樣，覺得心尖上像是被什麼東西輕輕撓了一下，癢癢的。

林木倒也不用急著去適應妖怪的規則。晏玄景想。

有他在呢。

九尾狐低下頭來，開始慢吞吞地翻手機裡存著的資料。

林木傳給帝屋的那一堆資料相當詳細，從姓名照片到八字和修行派系一應俱全。

這全都是從二樓資料室搬下來並整理過的，非常詳盡。

尤其是那些跟帝屋傳過來的人名重合的那些人，連生平履歷都鉅細靡遺。

小間諜。

晏玄景將那些人的長相都記了下來，略一思考，拿著手機轉頭去院子找帝休。

林木在二樓找到了自掛晾衣繩的秦川。

最近零零星星開始下起雨來了，今天晚上沒有月亮，更沒有月華，只有幾顆星星稀稀落落地點綴在天幕上。

林木仰頭看著掛在晾衣繩上那條細小的龍，說道：「秦川，我有事跟你講。」

「啊？」秦川應了一聲，倒掛著看向林木，說話間帶著一陣細微的龍吟聲，「如果是你剛剛跟晏玄景說的事情，我都聽到啦。」

林木「哎」了一聲，正想說什麼，就被秦川打斷了。

秦川一甩尾巴，從晾衣繩上下來，精準落在了林木肩上，輕快地說道：「我是無所謂，在你家玩得這麼高興，就當報答你一下啦！」

林木還是有點不好意思。

他以前因為沒有爸爸被欺負的時候，其實沒少藉著人小長得可愛的外表利用一些人的善心來告狀，但這種主意打到能夠稱之為朋友的人頭上，還是頭一遭。

哪怕人家不介意，林木自己心裡也過不去。

他想了想，乾脆帶著秦川進了屋，打開電腦某個購物網站頁面，讓秦川自己挑點喜歡的東西作為禮物來補償他。

秦川兩眼發亮，一點也不打算跟林木客氣。

拿著滑鼠就「噠噠噠」地選起了東西。

林木坐在旁邊的床上，聽著秦川頗有節奏的滑鼠聲，眼皮打起了架，沒多久就睡了過去。

林木這一覺睡到了第二天天亮，在秦川眼巴巴的注視下洗漱完回到房間，掃了一眼秦川放進購物車的東西，發現是百來個絨毛玩具。

大的很大，小的就是鑰匙圈吊飾，林林總總數百件，價格相當美麗。

林木轉過頭，剛想說太多了家裡沒地方放，結果一對上秦川可憐兮兮的目光，就乾脆一咬牙結了帳，然後眼不見心不煩地下樓吃早餐去了。

林木叼著燒賣跑出屋子，繞著整個院子轉了一圈，回到原點仰頭看著那棵蒼青色的大樹，含混著問道：「爸爸，牛奶糖呢？」

帝休從枝杈間現出身形來，答道：「他去山裡了。」

林木哽了一下，「……我的手機還在他手上呢。」

「他就快回來了。」帝休話音剛落，晏玄景的身影就出現在院外小路的盡頭。

晏玄景一抬眼，看到站在院子的林木，袖袍中的手微微動了動，將一截長長的帝休樹枝藏了起來。

帝休坐在自己的本體上，悄悄遮住了被折斷的切口。

晏玄景身上沒有溼潤的痕跡，但還是沾了一身朝露的氣息回來。微涼，還有些許的黏膩。

晏玄景把林木的手機拿了出來，「你的手機。」

林木接過手機，順口問道：「你去做什麼了？」

「去山裡轉了一圈。」晏玄景答道。

順便帶了一大截帝休的樹枝，讓他也能夠進山，去給那些人講一講溫馨美滿的睡前故事。

因為晏玄景經常去山裡的緣故，林木聽他這麼說了，也沒有多問，只是接過手機，回屋繼續去吃沒吃完的早飯。

晏玄景目送著他進了屋，轉頭把那截長長的枝條還給了帝休。

這一大截枝條跟林木之前帶出去的巴掌大一小段可不一樣，晏玄景帶走的是帝休的一部分力量，所以能夠給那群人類講一講睡前故事，林木帶出去的那一截實在太小了，小到只能當拋棄式用品來使用。

反正那麼點枝條帝休很快就能長出來，但晏玄景帶走的這麼一截可不行。

帝休把枝條重新接回自己的本體上，想起一驚一乍被嚇了一整晚的人類，帶著十分饜足的神情躺在枝杈間，整棵樹都甜滋滋的。

晏玄景把名字在資料上的人的氣息都記住了，準備等封了山再動手，免得打草驚蛇。

畢竟帝屋那邊還盯著他們本家呢，他這邊驚擾到就不好了。

林木吃完飯推著摩托車出來，準備去上班，晏玄景幾步跟了上去。

林木一愣，「怎麼了？」

「我也去。」晏玄景說著，拿出了一封信箋，「大荒那邊有消息。」

他說完，剛準備變回本體跳到林木摩托車後座上，就被林木阻止了。

「寵物不能上火車！」林木低頭看了一眼時間，「騎車過去會遲到，你自己去。」

「……哦。」

晏玄景面無表情地看著林木騎著摩托車走了，在帝休帶著些笑意的目光之下停頓了兩秒，直接一飛沖天，朝著公所的位置奔去了。

林木打開辦公室門的時候被嚇了一跳。

辦公室裡六個人類一個妖怪，只剩下大黑還精力十足在霹靂啪啦地敲鍵盤，還有一個人類抱著檔案塗塗寫寫修改，另外五個人類全都曝屍在辦公桌上，睡得昏天黑地。

林木湊過去，小小聲問道：「忙了一整晚呀？」

「嗯，還行吧。」大黑喝了口白開水，看著辦公室裡倒得橫七豎八的五個人，得意忘形地說道：「人類就是弱。」

無辜中槍的人類從檔案中抬起頭來，一拍桌子，「你厲害你來寫報告啊！」

大黑頓時不說話了。

唯一一個還醒著的人類重重地「哼」了一聲，繼續埋頭塗塗寫寫。

林木輕手輕腳地把凳子搬出來，又小小聲說道：「等會晏玄景應該就來了。」

辦公室還醒著的一人一妖齊齊一頓，「他來做什麼？」

「說是大荒有傳消息過來。」林木話音剛落，辦公室的門就被推開，晏玄景緩步走了進來。

大黑頓時一拍桌子，大喊一聲：「起床了！！」

林木看著那幾個睡過去的人一彈就跳了起來，像打地鼠似的。

晏玄景並沒有去管那群兵荒馬亂的人類，直說道：「大荒傳來了消息，青丘國回收了帝屋的力量。」

「啊？」

「什麼？」

「回收了什麼？」

幾個人類和妖怪都沒反應過來。

「大荒被攫取的帝屋的力量被我母親收回了。」晏玄景再一次說道。

「哦，那是好事啊。」大黑搓搓手，頗高興地說道。

旁邊的人類迅速發現了盲點，「帝屋的力量被收回了，那那個作亂的妖怪呢？」

晏玄景淡淡瞥了他一眼，平靜地說道：「不知道。」

人類懷疑自己聽錯了，「什麼？」

「死了，跑了，失蹤了——反正沒有追蹤到。」晏玄景語氣十分平淡，「也不知道到底是什麼東西。」

「所以……」大黑張了張嘴，「你們哪都沒找到他？」

晏玄景點了點頭。

「那通道呢？」負責接洽的人類帶著一點點微不可察的期待，「您不是來負責鎮守通道的嗎？他應該沒有通過通道吧？」

晏玄景面無表情地看了一眼那個人類，說道：「至少青要山的通道是安全的。」

那個人類一張嘴，結結巴巴，「……什、什麼意思？」

大黑主動開口解釋：「意思就是，那個妖怪消失得很詭異，說不定是鑽進了什麼野生的小通道，不然以大荒那幫妖怪的實力，怎麼可能在他失去力量之後還一丁點痕跡都摸不到——除非他死了。」

剛爬起來的幾個人類瞬間露出了崩潰的神情。

「這麼一說，我今天天亮的時候接到了青要山打來的一通求助電話。」大黑搓了搓下巴，「說是昨天山裡半夜鬧鬼，但一整晚過去，卻沒有任何人受傷。」

負責人火速跟上了大黑的思路，「殺戮怨氣重的生靈的確會給周邊帶來一些恐怖的幻覺，沒有什麼實質傷害，但會因為劇烈的壓迫而導致瘋狂甚至死亡。」

大黑和負責人對視一眼，齊齊倒吸一口涼氣。

難不成那個造了一堆殺孽、一看就很反社會的妖怪真跑到中原來了?!

他們齊齊看向晏玄景。

晏玄景差點沒能跟上他們的思路，露出了一瞬間的深思。

大黑和負責人看連九尾狐都這個態度，心裡一緊，慌慌張張地各自打起電話來。

「封山！馬上封！現在就封！走個屁行政流程！」

林木茫然地看看這個，又看看那個，最後看向了之前去山裡轉了一圈的晏玄景。

晏玄景這時才反應過來那兩個到底腦補了什麼，他堂堂九尾狐也不禁呆怔了好半晌，才回過神來，對上了林木茫然又呆滯的視線。

晏玄景：「……」

不管了。

反正消息傳到了，雖然不知道為什麼會變成這樣，但他來這一趟的目的達到了。

至於大黑跟負責人這個蛇行的思路，晏玄景抬眼看看不停嘰哩呱啦的幾個人類和一個妖怪，沉思許久，還是決定保持沉默。

九尾狐面對試圖向他尋求解答的林木，露出了一個高深莫測的神情，深藏功與名。

林木覺得怎麼一眨眼之間他就看不懂眼前這一切的發展了。

他沉思了一會，拉著凳子湊到晏玄景身邊，小小聲問：「怎麼回事啊？」

晏玄景抬眼看了看亂成一團的辦公室，抬手扔了個隔絕窺探的術法，十分難得地嘆了口氣，「意外。」

林木滿頭問號，「什麼意外啊？」

「我就是來傳個消息。」

晏玄景手裡拿著信箋，上面的字並不多，林木掃了一眼，發現信頭的收信人稱謂就是牛奶糖。

林木心虛地收回了視線。

晏玄景看著手裡的信箋，對於自家母親已經知道自己擁有了牛奶糖這麼個暱稱這件事一點都不意外。

比起這個，他還是更加驚嘆於大黑他們過於活潑的思路。

「雖然的確是有那個不知名的妖怪逃到了中原的猜測，不過……」

不過他是真的沒有往那個妖怪其實就在青要山這個方向暗示。

誰能想到大黑這一個暴衝猛如虎，狂得連堂堂九尾狐都沒能反應過來。

林木小聲嘀咕，「那大黑他們說的到底是什麼意思啊？」

「就是……如果一個人殺過很多人，哪怕是普通人也能夠在見到他的瞬間察覺到危險，雖然可能很微弱，但的確會有本能的防備。」晏玄景解釋道。

修行者和妖怪跟普通人類當然是不一樣的。

就連普通人都能察覺到危險了，那更不用說感官相對敏銳許多的修行者和妖怪了。

他們能夠察覺到一個手沾鮮血的人身上牽扯的因果和怨氣，這種因果和怨氣重了，就會影響到身處這個人周圍的人。

輕微一點的會讓人做惡夢，嚴重一點的，就會直接讓人產生可怖的幻覺。

這世間沒有人沒幹過任何一件虧心事，但凡心裡有一點點空隙，那就會一發不可收拾。

這種幻覺沒有辦法打散，更沒有辦法消除，最後逼瘋人甚至是逼死人實在是再正常不過了。

那個不知名的妖怪在大荒殺妖屠城，手中沾染的血腥和怨氣不在少數，他又不是帝屋還身負功德可以緩和壓制。

如果真的是他待在了青要山，那昨晚集體鬧鬼的反噬是完全符合現實，非常有可能發生。

林木聽完了也還有點似懂非懂，但還是迅速抓住了重點，「不是那個妖怪在作怪嗎？」

晏玄景沉默了好一會，搖了搖頭，「……不是。」

「那是怎麼一回事？」林木十分茫然，「真的鬧鬼？」

「……也不是。」

晏玄景本來不打算跟林木說這件事，畢竟大半夜沒事幹帶著帝休跑到山裡去嚇人這種事，說出來多幼稚。

哪怕他本意其實是去踩點的，但仍舊掩蓋不了幼稚的本質。

晏玄景面無表情，十分嚴肅地說道：「昨天夜裡我跟帝休前輩去了一趟山裡，給山裡那些人類講了幾個睡前故事。」

帝休其實不是不能收斂，只不過這棵樹有點惡趣味，所以一直捧著一些驚悚恐怖故事在那裡毫不收斂地閱讀，他不僅閱讀，還要帶上力量，美其名曰分享快樂。

雖然事實是根本沒有人想要跟他分享這份快樂——除了林木那個膽大包天、見到妖怪第一反應是大哥你真好看、熱愛鬼故事、膽敢一個人勇闖荒郊野外的媽媽。

可是帝休不在乎。

有沒有人從中得到快樂無所謂，他快樂就可以了。

了不起在自家親兒子面前收斂一點，至於別人？

那跟他有什麼關係？

結了仇的人那就更加沒關係了。

林木張了張嘴，「我記得你今天一早才回來。」

晏玄景點了點頭。

帝休的鬼故事講得還挺有儀式感的，比如晚上什麼時辰就講什麼時辰的故事，到了晨光微熹的時候，一些故事就不合適了，畢竟絕大多數鬼故事都發生在夜晚。

這也是為什麼天亮的時候大黑才接到電話。

那當然是因為帝休在講鬼故事的時候，電話根本打不出來呀！

你見過哪個鬼故事發生的時候能撥出電話的——哦，也不是沒有，只不過接電話的並不是該接電話的那個人就是了。

如果不是林木起床到處找起牛奶糖來了，帝休甚至滿懷興致地講起了《沉〇之丘》，壓根沒準備回來。

林木：「？？」

林木：「……」

你們也太魔性了吧。

「幼稚。」林木小聲說道。

晏玄景偏頭看了他一眼，十分贊同地點了點頭，「帝休前輩幼稚。」

林木看向晏玄景，眼神微妙，「你也幼稚。」

「我沒有。」晏玄景給自己正名，「我是去踩點的。」

林木問：「踩什麼點？」

「去看看誰身上帶著帝休前輩的本體。」晏玄景答道。

說起來，那些過來公所提出申請的大家族的人也是運氣極差，剛好撞上林木請假的那一天。

不然他們當場就會發現林木這棵長得跟帝休有七分相像的小樹苗，從而意識到不對勁了。

林木追問晏玄景：「你找到爸爸的本體了？」

狐狸精點了點頭，看了看辦公室裡的大黑他們，說道：「沒有，他們藏起來了，不過問題不大。」

本來還以為要等到封山流程走完才可以動手，萬萬沒想到還能有這樣的做法。

一直以來，是他小看大黑這種小妖怪和人類了。

林木對全貌的掌控不如晏玄景那麼厲害，在知道了前因後果之後，只問道：「那這算好事嗎？不會打亂你們的安排吧？」

「是好事。」晏玄景點了點頭，從林木那裡要來了帝屋的聯繫方式，抬眼看向抱著一大堆陣盤心急火燎走過來的大黑。

林木因為長得跟爸爸十分相像，被晏玄景安排在辦公室留守。

放陣盤需要不少時間，好在如今人類的交通和通訊方式相當發達，大黑他們把陣盤都放好時，上頭緊急加派的人手也剛好到了。

他們沒有通知裡面的人，非常乾脆俐落地啟動了布置好的陣盤。

在這一切都搞定了之後，晏玄景帶了一枝帝休的枝條，滿山溜達，鬧得雞飛狗跳，在日落之前終於鬧到這些人都打算先出山靜觀其變了。

晏玄景把帝休的枝條還回去，好整以暇地在陣法的出口等著。

像這種大型陣法的好處，就是不怕裡面有人搞破壞。

要是真有人搞破壞，破壞了一個還有另一個能繼續運作，一環套一環。哪怕把整個陣法內部都夷為平地，那也還有最外圈的幾個能維持運作，很難一口氣全部解決掉。

九尾狐帶著大黑他們幾個在門口等，幾個文職公務員已經擺好了桌子，抱著筆記型電腦打開了軟體，隨時準備進行記錄工作。

另外幾個新來的人手，則訓練有素地在旁搭起了帳篷，拿著一堆一看就十分專業的工具抬腳進了山。

晏玄景目送著這群人類進山，正要收回目光時，進山的第一批人類就從陣法裡踏了出來。

這是一批零碎的個體戶，總共六個，面色蒼白神情憔悴，眼底泛著睡眠不足的青黑。

晏玄景目光輕輕掠過他們，沒有察覺到什麼異常，便挪開了視線。

大黑帶著幾個人類上前去，把這群沒報備的人一一記錄下來，然後進行盤問和處罰。

面對這些人類，就連大黑也算得上是很厲害的妖怪了，根本用不著晏玄景出面。

雖然主要是因為大黑在地府歷練過，不僅堅強地活下來還成了精，但如今人類修行者大多弱小也是不爭的事實。

他們所處的地方還在陣法內，沒過多久，就接二連三有人從別的地方被傳送到這個出口來。

最先選擇放棄的大多是些個體戶，那些大家族倒暫時都還沒出來。

一直到月亮掛上了夜幕，才終於有大人物從裡頭走了出來。

他們這種家族倒也沒有跟這些公務員交惡的意思，一個個機靈得很，上前就給了大黑他們幾株靈藥，小聲問道：「伙伴，你們這怎麼回事啊？怎麼封山了？」

大黑看他一眼，嬉皮笑臉，「哦，因為聽說裡面有龍脈。」

那幾株靈藥被擺在桌子上，沒人去碰。

來人微微僵硬了一瞬，但馬上反應過來，露出驚訝的神情，說道：「有這種事?!」

大黑收了笑，說道：「是啊，還不僅是龍脈呢，知道最近大荒那個作惡多端的妖怪嗎？他現在說不定就在青要山裡，這兩天不是鬧鬼嗎？你猜為什麼鬧鬼？」

來人聞言，大驚失色，連連道謝之後扭頭回了山裡，急匆匆的樣子，大概是去通知同族的人了。

晏玄景站在一旁的角落，沐浴著月光。

不知道是不是最近跟兩棵帝休頗為親近的關係，月華也開始照顧他了。

現在他沒有待在林木和帝休身邊，也有零星的幾團月華落下來，在他身邊飛來飛去。

雖然很少，但也聊勝於無。

沒過多久就喧喧嚷嚷來了一大堆人，把那些零零散散的個體戶都擠開，占據了最前面的位置。

這群人的關係似乎並不融洽，一邊走過來還一邊在對彼此冷嘲熱諷。

晏玄景衣袋裡的手機震了震，他摸出手機，垂下眼來看了一眼，發現是帝屋傳給他的簡訊。

說是找到了帝休的兩塊本體和剩下的殘魂，正在趕來的路上。

晏玄景冷酷地回了個句號，表示已讀。

帝屋拿著手機，看著這個十分冷淡的句號，轉頭看向晏歸，說道：「你兒子怎麼一點都沒學會你這股騷勁？」

晏歸蹲在帝屋旁邊，咬著根油炸香腸哼著歌打著手遊，捏著嗓子對著手機一口一句「大葛格帶帶我」，被帝屋這麼一說愣了好一會，抬腳就踹了過去，「你說誰騷呢？也不照照鏡子看看你現在這狗樣子是誰在幫你，你說誰啊！」

「反正不是說我自己。」帝屋說道，催促晏歸，「你快點，我們快點回去。」

「我呸！」晏歸「喀嚓喀嚓」把香腸吃完，變回原形，一腳踢開了準備跳到他背上的帝屋，反口叼住了他的衣領，一飛沖天。

帝屋被凜冽的風吹成了一個咕溜溜轉的陀螺，險些沒被衣領勒嗝屁。

「幹，晏歸你這個王八蛋！」帝屋邊說邊罵，跳到了晏歸的一隻前腳上。

晏歸抖了抖腳，發現沒把帝屋甩出去之後重重地「哼」了一聲，「汙言穢語！」

帝屋冷笑一聲，「你再弄我就把你打遊戲裝妹子裝到了八個老公的事情告訴你老婆。」

晏歸渾身一震，「你他媽怎麼這麼惡毒！」

帝屋坐在晏歸前腳上看著下面倒退得飛快的景色，不疾不徐，「看來你還希望我告訴你兒子。」

晏歸哽了兩秒，「……這幾千年，你變了不少。」

帝屋扔了個擋風的術法，摸出手機來，一邊傳簡訊給晏玄景，一邊說道：「我現在可是有著許多慘痛經歷的成熟妖怪。」

晏玄景感覺到手裡手機「嗡嗡」地震了好幾下，他低下頭來，看到帝屋霹靂啪啦發了一串簡訊過來。

主要內容是要他跟他爹學習一下，賣弄風騷拐十個八個老公回來，並附贈了晏歸打遊戲裝妹子跟人語音還幻化成女性跟人視訊聊天的小影片一二三四五六七八。

晏玄景依序打開看，發現八個小影片裡他爹有八種不同的設定、不同的長相和不同的聲音。

堪稱戲精本精。

晏玄景：「……」

雖然他早已經習慣晏歸掛著男男女女的臉出去耍弄的行徑了，但有的時候……真的不是很想承認這是他爹。

晏玄景正準備回覆，正巧聽到那邊有一個人類得意洋洋地說：「被幻象嚇成這樣不是你們自己沒用嗎？我們可沒有受到半點影響。」

晏玄景聽完這話，瞇了瞇眼，將手機放回衣袋，披著一身落在身上的月華邁步走過去。

能夠抵擋帝休力量的，只有帝休本身。

他一邊走著，一邊緩緩地放開了一直收斂得天衣無縫的妖氣。

一群人類瞬間警覺地轉過頭來，看向一步一步走過來的妖怪。

他那一身氣勢極其驚人，宛如山嶽又像是黑沉沉鋪過來的天幕。這些有著些許道行的人類，隱隱約約得以窺見滾滾的妖氣凝成了一隻巨大的狐狸，九條尾巴交疊著，慵懶地趴在虛空之中。

牠轉頭看過來，露出橙紅色的獸瞳，俯視著地上的人類，眼中盡是注視螻蟻一般的平靜和無聲無息的殺意，讓人乍一對上視線就幾乎要暈死過去。

晏玄景走到剛才出聲的那個人面前，抬眼掃視了一圈他和站在他身後、明顯處於同一陣營的人類。

「把二十三年前你們拿走的東西，還回來。」晏玄景平靜地說道。

大黑一掐大腿，顫抖著說道：「怎、怎怎怎麼回事啊！」

「嚴格來講，他們傷害了我家的長輩。」晏玄景微微偏過頭，看了一眼大黑，說道：「這是私仇。」

晏歸遠遠看到了青要山新布下的大陣，還有大陣旁屬於他兒子的狂野妖氣。

他滿頭問號，「怎麼回事啊？」

「……」帝屋拿著手機沉默了兩秒，小聲嘀咕，「總不會是我把你的風騷影片傳給你兒子的緣故吧？」

晏歸：「？」

晏歸：「你他媽？」

晏歸面無表情。

晏歸一腳把帝屋踢了出去。

晏歸看著飛出去的帝屋，開始認真思考殺樹滅口的可能性。

老子當初怎麼就不乾脆跟著那群妖孽一起背刺算了呢？

帝屋這渾球到底有哪裡值得他千辛萬苦來救？

死了算了。

帝屋早有預料晏歸的反應，被扔出去的瞬間就將渾身氣息收斂得乾乾淨淨，一翻身輕飄飄地浮在虛空中，垂眼探看下面的情況。

晏玄景這邊的場面十分緊張。

一群人類警覺地看著這個突然發難的大妖怪，一面戒備一面將被晏玄景找麻煩的那個家族孤立了起來。

那群到現在還沒接受調查的個體戶更是避之不及地溜到了一邊。

晏玄景的目光從這些被獨立出人群的人身上一一掃過。

每一個被他看過的人都像是被抽走了渾身的力氣，宛如蜉蝣面對著怒浪狂咆的海嘯，連呼吸都變得痛苦吃力。

連反抗的念頭都難以升起絲毫。

「把東西給我。」晏玄景重申道。

他說得十分認真，語氣也平靜無波，只是那對上挑的鳳眼不再是以往熟悉的安寧黑色，而是與翻滾的妖氣之中那對獸瞳一般無二的橙紅。

有什麼沁涼的氣息籠罩了這一小方天地，風中帶來一股濃重的血腥氣，還帶著隱隱約約的怨憤哭嚎。

有幾個人類目光一轉，大驚失色地看著腳下。

不知何時他們腳下蔓延出了黏膩的紅色液體，隱隱約約還帶出了一些碎裂的白骨。

絕大多數都是動物的屍骸，也能看到零星幾個屬於人類的。

如果現在晏玄景是在林木家附近，那他必然是瞞不過朝暮的防護。

這就體現出九尾狐又凶又吉的兩副面孔的好處了，那些觸發型的陣法和防護，基本上都攔不住有兩面甚至是千面的九尾狐。

沒有人敢率先開口，他們紛紛避開了地上流淌蔓延的紅色，而後將責備的目光投向了被晏玄景關照的那個家族。

大黑也不敢碰那些不知道到底是不是血跡和屍骸的東西，他跳起來一屁股坐在桌子上，看著一個個面色蒼白的人類，嘆了口氣，「我們是不管私仇的啊。」

為首的人打著寒顫，牙齒摩擦著發出明顯的聲響，但還是硬著頭皮對晏玄景說道：「您……這是在說什麼呢？」

「是什麼你們心裡應該有數才是。」晏玄景想起從林木那裡拿來的資料。

這個家族是這二十年突然冒出來的新銳家族——比起家族，也許用比較古早的門派來形容比較合適。

他們利用帝休木解憂忘憂的特性斂了不少財，更幫助過不少不知情的修行者治療修行時造成的神魂損傷，這在修行者眼中是很稀有的資源。

晏玄景對這些人可不像對林木和小人參那樣有耐心。

「帝休木和你們本家的安危，選一個。」他乾脆這樣說道。

那個家族為首的人臉瞬間綠了。

本家的安危當然很重要，但他也很清楚這二十多年來，本家到底是依賴什麼東西發展起來的。

他當然不想交出去，可是不交出去，按照妖怪強盛的報復心來看，他和本家大概都完了。

他們家底薄，對上大妖怪半點好處都沒有。

那人綠著一張臉，拿出了一個布袋，交給了晏玄景。

他低著頭，不敢去看周圍那些人看過來的目光。

他們家族當初拿下帝休的手段並不算光彩，這麼些年依賴帝休木得來的財富和人脈，其實也是瞞著那些人，讓他們沾上了帝休的因果。

這在修行人士中可是大忌。

他不敢抬頭，晏玄景無所謂地接過了他手裡的布袋，打開確認了一下裡面的東西。

「還有幾個幹過同樣的事情。」晏玄景確認好了，收好布袋，目光輕飄飄地掃過其中幾個被林木記上黑名單的人，頓了頓，好心地告訴他們，「不過你們的話，已經沒有選擇的機會了。」

畢竟他們本家得罪的，是帝屋。

帝屋到底幹了什麼晏玄景不知道，但以帝屋對帝休這個同族的重視和這麼多年的遭遇來看，他恐怕不會手下留情。

晏玄景言罷，也不管那幾個人劇變的臉色，慢吞吞收回了外放出去的妖氣和法術。隨著妖氣的消失，九尾狐的虛影、安靜蔓延的鮮紅色也緊跟著褪了下去，除卻那幾個被晏玄景點了名的家族之外，所有人都露出了恍惚的神情。

等到那些紅色全都褪了乾淨，大黑恍恍惚惚地甩了甩腦袋，抬眼看了看那邊離得老遠的幾個個體戶，說道：「你們站那麼遠做什麼？我告訴你們，處罰是逃不過的！」

那些個體戶嘀嘀咕咕地走過來，垂頭喪氣地上前登記。

他們與收斂了氣息幾乎要與黑夜融為一體的晏玄景擦肩而過，彷彿對這個妖怪的身分一無所知。

晏玄景目的達成，看了一眼沒有被他混淆記憶的那幾個家族，欣賞了一下他們懼怕又鐵青的臉色，拿著布袋準備回去找林木。

大黑看晏玄景一副準備收工回家的樣子，微微一愣，小心地問道：「您……這是去哪？」

晏玄景腳步一頓，好脾氣地答道：「回家。」

大黑苦著一張臉，「那……那個妖怪……？」

狐狸精把自己想做的事情做完，心情頗佳，於是乾脆跟大黑講明白。

「哦，那個妖怪是……」

他話音未落，就倏然停下了話頭，仰頭看向北邊的天幕。

那裡驟然炸開了一股濃烈的血煞與因果的怨氣，像是在試探什麼一樣，鋪天蓋地壓了過來，又在觸及他們的瞬間縮了回去，然後非常明顯地向著北方遁去了。

晏玄景和大黑的對話戛然而止。

大黑顫抖了兩下，臉色煞白，「那……那個妖怪還真的在啊！」

晏玄景微微一愣，偏頭看了一眼大黑。

那些怨氣是屬於帝屋的，晏玄景看出來了，只不過帝屋把屬於他自己的氣息和功德都藏了起來，看起來就很可疑。

狐狸精看著驚慌失措的大黑，覺得帝屋既然這麼搞，肯定有他的理由。

於是晏玄景把到嘴邊的真相嚥了回去，看著大黑撥電話給了最擅長找人的老烏龜，覺得自己此刻大概也沒有什麼留下來的必要，於是拿著裝著帝休木的布袋，慢吞吞地離開了這裡。

帝屋在那邊披著偽裝嚇死了一片人之後，轉頭收斂了氣息就朝林木家奔來了。

晏歸給了他不少好東西，其中包括很多隱匿身形和氣息的法寶。

帝屋現在全身上下堪稱武裝到了牙齒，哪怕是站著不動任人蹂躪，累死好幾個人也不見得能傷到他一根寒毛。

晏玄景拿著帝休木回來，轉手交給了眼巴巴看著他的林木。

林木手裡拿著兩個小布袋和一個玉雕，玉雕裡散發著非常明顯屬於帝休的氣息。

晏玄景轉頭看向帝屋，問他：「你剛剛是做什麼？」

「林小木把事情都跟我說了，我覺得正好，可以把那個跟在我屁股後的老烏龜弄回去，找點別的事給他做。」帝屋看了一眼林木院子，站在門口隱藏著自己的身形，十分小聲地說道：「那烏龜算卦准，老跟在我後頭煩得很。」

晏玄景點了點頭，把放在自己這裡的小指南針交給了帝屋。

帝屋接過東西，轉頭火燒屁股似地就準備走人。

結果他剛邁出步伐，院子裡就竄出來一道影子。

那道影子像颳風一樣颳出來，聲音清脆活力四射，充滿了興奮，「林木林木！我聽到帝屋的聲音了！是帝屋來了嗎？帝屋呢？」

帝屋腳步如風，壓根不理他。

秦川一甩尾巴纏住了帝屋的手腕，「帝屋你別走啊！你別不要我嗚嗚嗚！」

「你走開。」帝屋一甩手，抓著這條龍脈，「這麼大一條龍了還哭哭啼啼，害不害臊！」

秦川吸了吸鼻子，憋住了一大泡眼淚，「你怎麼都不見我一面就要走啊？」

帝屋摸摸口袋，拿出盒菸來，抽出一根叼著，十分愁苦，心裡想還不是看著你這愛哭鬼的樣子就頭殼疼。

他帝屋多厲害的一個妖怪，天下無敵幾千年，神擋殺神佛擋殺佛，就算翻船得如此慘烈也能東山再起。

簡直呼風喚雨無所不能——除了哄人。

帝屋思來想去，一直想到秦川憋不住眼淚了，才終於想到了個比較妥當的答案，「不就是怕你遇到危險嗎？你什麼運氣自己又不是不知道。」

秦川「哇」的一下哭了，「那、那你也不用見都不見我一面啊！我找你好久了！我看你就是不想要我了！」

帝屋面無表情，「沒有不要你。」

秦川吸著鼻子，「那……那你湊齊了三魂七魄和本體之後，還會回來找我嗎？」

帝屋：「……」

講實話，不太想。

畢竟秦川這麼個活靶子，一點都不適合他這種瀟瀟灑灑的生活習性。

秦川打了個嗝，眼淚洶湧而出，他憋了憋，沒憋住，哇哇大哭。

他一邊哭一邊鑽進帝屋衣服裡，纏著他的腰，從帝屋穿著的襯衫紐扣縫隙探出個龍腦袋，繼續哭。

帝屋看著從他胸口冒出腦袋哇哇大哭的秦川，憂愁地點燃了菸，安靜抽完了，才十分滄桑地說道：「好了好了，我會回來找你，你在林木這裡好好待著。」

秦川哭聲戛然而止。

他抖了抖落在他腦袋上的煙灰，從帝屋衣服裡鑽出來，化作人形一拍手，虛空中就霹靂啪啦地掉下來一大堆絨毛玩具。

他拉著滿臉愁苦的帝屋，一一向他介紹這些娃娃的名字。

林木和帝休回了院子。

林木手裡拿著三個袋子，仰頭看了看三公尺高的樹，又看了看這棵樹的占地面積，臉上憂愁的表情跟帝屋有得比。

「我覺得你該減肥了，爸爸。」他說道。

這三塊本體要是都融回去，恐怕會把院子柵欄和溫室都擠垮。

帝休也跟著嘆了口氣，「先收著吧，等我們回了大荒再放回來。」

林木說好，他拿著那三個袋子，也不會袖裡乾坤什麼的法術，放在外面又不放心，左右看看，最後還是去求助晏玄景了。

晏玄景幫他收好了那三塊帝休本體，看了一眼乖巧地端著茶水點心和水果跑出院子來的小人參，轉頭坐到了那截斷木上，準備跟林木帝休一起欣賞那邊難得一見的愁苦帝屋，一點上去幫忙的意思都沒有。

晏歸就在這個時候姍姍來遲，看到拿著茶水點心的自家兒子，一抬手勾住兒子的脖子就走到一旁。

「帝屋傳給你的那些東西呢？」晏歸說道。

晏玄景聞言，慢吞吞喝了口茶，「……」

晏歸掃視了一遍自家兒子，瞇了瞇眼，警告道：「我告訴你，你要是給你娘看了，我就……」

他說到一半卡住了。

仔細想想，他竟然沒有能夠拿來威脅自家兒子的東西。

晏玄景好整以暇地看著他爹，「你就？」

「我就退位給你去逃難好了。」晏歸說道。

這種話向來是威脅不了晏玄景的，晏歸很清楚，他兒子這隻基因突變的九尾狐對青丘國的責任感極強。

晏玄景多半會說正合他意。

晏歸滿心唏噓，開始思考著自己應該往哪裡逃難比較合適。

要跟老婆正面對決是不可能贏的，打又打不過，只能搞搞游擊戰這樣。

等到老婆消氣了，再摸上去滾幾次床單，一次解決不了，那就兩次！

晏玄景看了一眼他爹，眉頭皺了皺，說道：「不行。」

「嗯？什麼？」晏歸沒反應過來。

晏玄景說道：「你不能退位。」

晏歸一臉稀奇，「你以前可不是這麼說的。」

晏玄景搖了搖頭，「我答應林木帶他走遍大荒。」

晏歸一愣，心裡「欸」了一聲，「我也可以帶賢侄走遍大荒啊！」

晏玄景眉頭皺得更緊了，斬釘截鐵，「不行！」

老狐狸上上下下仔仔細細地打量了自家兒子一番，又看了看那邊的豪華神木套餐，滿臉慈愛地引導道：「為什麼我就不行？」

「因為他……」

因為他是我的。

晏玄景被突然衝入腦海的想法嚇了一跳。

他偏頭看向正一邊戳著月華一邊小聲跟帝休嘰嘰喳喳的林木，愣了好一會，眼中的茫然和驚訝漸漸褪去，這幾天那股無力的茫然和莫名的緊張終於有了著落。

晏歸看著自家兒子，轉身朝那邊的豪華神木套餐喜滋滋地跑了過去，一邊跑還一邊高興地喊道：「賢侄賢侄，你想不想看晏玄景小時候的畫像啊？還有他穿女裝的畫像！還有他翻肚皮的畫像！還有他跌個狗吃屎摔進泥地的畫像！還有他小時候舔手手……」

晏玄景：「……？？？」

晏玄景霍然起身，一抬手把手裡的茶杯砸向了他爹。

第十八章

Public Office of
Non-human
Affairs

林木轉過頭去，叼著顆小番茄，有些驚訝地看向了晏歸。

「什麼……畫像？」林木有些好奇，但看看沉著一張臉目光之中滿是凶光的晏玄景，又默默收回了視線。

講實話他挺想看的。

不過看看晏玄景的表情，他覺得還是不要應這個聲比較好。

晏玄景看著晏歸輕巧地接住了他扔過去的茶杯，覺得這不妥。

晏歸端著茶杯回頭看向他兒子，一張俊臉上滿是得意，背對著那邊三棵神木對兒子擠眉弄眼瘋狂暗示。

晏玄景沉著臉，收到了暗示。

晏歸端著茶杯走回兒子身邊，盯著自家兒子把他那些黑歷史都刪乾淨，並且反覆檢查沒有證據遺留之後，志得意滿地拍了拍自家孩子的肩膀，「識時務者為俊傑。」

晏玄景神情冷酷，打掉了晏歸落在他肩膀上的手，說道：「畫像給我。」

晏歸倒是大方得很，隨手扔出了一大捆繪卷來，淅瀝嘩啦落了一地。

眼看著他還要往外丟，晏玄景的表情越發莫測起來。

「你什麼時候弄了這麼多我的畫像。」晏玄景冷聲問道。

「什麼叫弄啊，我自己畫的。」晏歸一撇嘴，「你娘喜歡啊，要不是她喜歡我畫你幹嘛呢。」

要不是老婆喜歡，他哪有這空畫這個傻兒子。

畫老婆不好嗎？

「……」哦。怪不得。

晏玄景看了一眼那些畫卷，從中抽出一卷攤開來。

畫上是一隻小小的幼年九尾狐，毛茸茸的，正抱著自己的三條尾巴，腦袋埋在尾巴裡，連耳朵都垂下來，剩下的尾巴被當成被子蓋在身上，睡成了一顆完美的球。

有幾朵飛花從窗外飄進來，落在了這一團毛茸茸的球上，靜悄悄的，沒有一點聲息。

晏玄景看著這畫，幾乎想不起來自己曾經有過這樣的時候了。

晏歸探頭看了一眼那幅畫卷，咂咂嘴，「你小時候多可愛，傻得要命說啥信啥喊啥做啥指哪打哪，一口一句父親喊得甜滋滋的，哪像現在，又臭又硬。」

晏玄景面無表情地把晏歸掏出來的那一大堆畫卷都收起來，瞥一眼晏歸，視若無物地收回了視線，看向了林木。

林木帶著點渴求和好奇的意味盯著他，就連旁邊叼著菸被秦川套上了手偶的帝屋都無法吸引他的視線。

晏玄景沉默地跟林木對視了好一會，然後敗退一般垂下眼，走過去，把之前看的那幅交給了林木。

林木盤腿坐在那截斷木上，嘴裡還咬著半顆小番茄，仰頭看著晏玄景，因為遞到面前來的畫卷而呆怔了半晌，趕緊把小番茄吃掉，說道：「你要是不想給別人看的話就算啦。」

「沒關係。」

晏玄景話音剛落，手裡的畫卷就被林木毫不猶豫地取走了。

林木小心展開了畫卷，「哇」了一聲。

講實話，不管什麼動物，好像都是幼年的時候比較可愛——尤其是胎毛未褪的時期，九尾狐這種本身毛就十分蓬鬆順滑的生靈就更加可愛了。

哎，牛奶糖為什麼不是這種小幼狐的樣子呢？

小小的一隻，兩隻手就可以捧起來，圓滾滾毛茸茸的，打哈欠的時候張開嘴就能看到粉嫩嫩的舌頭和幾顆白玉似的乳牙，跑動的時候小小的身體拖著九條大尾巴搖來晃去。

告非，真可愛啊。

林木看著手裡的畫卷，帶著幾分遺憾看向了晏玄景。

晏玄景接收到這個目光，心中升起了幾分警覺。

「牛奶糖小時候真可愛。」林木誇道。

晏玄景聞言，那點警覺悄然散去，他挺直著背脊，矜持地點了點頭。

那是當然的，晏玄景想道。

九尾狐不可能不好看。

「還有別的嗎？」林木小小聲問道：「我想看女……」

「沒有。」晏玄景斷然道。

「……哦。」

林木乖乖閉上了嘴，肯定有女裝的畫像，只不過晏玄景八成不會給他看。

這一點林木還是心知肚明。

他垂著眼把手裡的畫卷小心卷好，還給了晏玄景。

帝屋正一手一隻手偶，叼著菸聽著秦川像是機關槍一樣「噠噠噠」不停地說著尋找他這半年來所遇到的事情。

絕大部分時間都是疲於奔命，因為運氣不好，所以總是撞上各種各樣的意外。

「我幾乎到一個地方就要去派出所，然後被發現是黑戶。」秦川十分滄桑地唏噓著。

他這一趟出來，無師自通了一堆亂七八糟的術法和沒有什麼屁用的技能。

比如偽造證件，比如說起謊來臉不紅心不跳，比如迅速分辨哪裡有監視器之類的反偵察技能。

「現在人類的科技真的好可怕啊，我從你那裡學來的隱身術都瞞不過機器。」

秦川抱著半個人高的泰迪熊，說起話來悶聲悶氣。

這一點帝屋倒是很有感觸，他剛跑出來的時候也被這翻天覆地的變化驚到了。但他跟秦川不一樣，秦川這個小笨蛋只會一個人循著那點氣息的痕跡四處尋找，帝屋卻是出來之後就直接剷平了幾個山頭，以最快的速度融入了如今的環境。

帝屋叼著菸低頭看著手裡的兩隻手偶，再抬頭看看少年模樣的秦川，輕哼了一聲。

還是個小鬼呢。

他把手偶摘下來塞給秦川，捻滅了菸頭，說道：「好了，我先去找龍脈了。」

他說完，轉頭看向晏歸，高聲道：「你回大荒還是怎樣？」

晏歸拿了幾顆小番茄和一整盒小鳳梨，抱著跑過來，一邊吃小番茄一邊說道：「我送佛送到西吧。」

「謝了啊。」帝屋點了點頭，看了一眼在一旁眼巴巴看著他的秦川，想了想，摸了摸口袋，從菸盒底下摸到了一盒糖果，拿了出來。

帝屋隨手把糖果扔給秦川，然後拍拍屁股帶著九尾狐走了。

林木順著拋物線掃了一眼那盒糖，發現上面寫著「戒菸糖」三個字之後一哽。真敷衍，林木想。

他看著秦川寶貝兮兮地收好了那盒糖，嘆了口氣，忍不住有點小小的同情。但這份同情剛升起沒多久，林木想起大木頭似的晏玄景，又覺得該被同情的是他自己才對。

——這個狐狸精一點都不像一個狐狸精。

除了那張臉之外。

哦，偶爾的直球也算例外。

林木發著呆，一顆接一顆地吃著小番茄，把一整盤都吃完後站起身。

「我去洗澡休息啦！爸爸你也早點休息，不是要融合殘魂嗎？」

帝休點了點頭，看著自家兒子跑回院子，而後偏頭看向晏玄景，露出疑惑的神情來。

晏玄景跟帝休對上視線，沉默良久，才開口說道：「前輩。」

帝休溫和地應了一聲，「怎麼了？」

晏玄景問道：「林木可曾有過婚配約定？」

這話一出，帝休和晏玄景齊齊一愣。

帝休沒想到晏玄景竟然直接就這麼問他了，一點彎都不拐。

而晏玄景想起了林木之前似乎問過他同樣的問題。

他當時是怎麼回應的來著？

他好像沒有領會到林木的意思，面對羞赧的林木還問了一句「你生病了？」

晏玄景仔細一想，思及林木那時的模樣和自己的回應，然後陷入了無聲的沉寂之中。

原來如此。

怪不得林木當時那麼生氣。

狐狸精終於恍然大悟。

帝休看了晏玄景許久，發覺他恍了神之後，輕咳一聲拉回了對方的注意力。

「婚配是沒有的，我跟他媽媽都支持自由戀愛，你是想……」帝休看著晏玄景，欲言又止，止言又欲，最終還是直白地問道：「你是想跟木木在一起嗎？」

晏玄景倒是一點都沒打算藏著遮著。

他乾脆俐落地點了點頭，「他喜歡我，恰巧我也有所動心。」

帝休聞言微怔，而後忍不住輕笑了兩聲，溫聲道：「那可真是不得了的巧合。」

妖怪的觀念並不像人類那般有那麼多規矩。

反正不論是帝休、晏玄景還是晏歸，絲毫不覺得兩個男性在一起有怎麼樣不應該。

別說妖怪了，就算動物之中也有不少同性伴侶，而同樣具備諸多獸性的妖怪，當然不會覺得這有什麼不對。

他們通常在意的只有彼此的感覺和強弱程度。

而選擇先來告知帝休，已經是晏玄景考慮到林木是作為一個人類長大的念頭了。

畢竟妖怪相對來說家庭觀念沒有那麼強烈。

年輕一輩選擇在一起的對象時，沒幾個會特意去告知長輩。

找對象幹嘛要告訴爹娘長輩，又不是什麼生死攸關的大事。

這種行為在妖怪眼中是沒斷奶才會有的舉動。

但在林木心裡，這個步驟必然是很重要的。

晏玄景面對帝休，平靜而鄭重地說道：「我很強，以後還會變得更強。」

所以保護林木是沒有問題的。

至少林木要是出事了，一定是他晏玄景翻船了或者死了，不會有別的意外情況。

帝休明白晏玄景這是什麼意思。

就是告訴他，他會像帝休保護林雪霽母子倆那樣保護林木。

帝休倒是不懷疑這一點。

何況，他的孩子以後早晚也會變得很強。

血脈擺在那裡，這是不會更改的事實。

而如果對象是晏玄景的話，晏玄景絕不會成為林木的軟肋。

因為晏玄景很強。

帝休溫聲道：「這是你跟木木之間的事情。」

狐狸精矜持地點了點頭，轉頭走進院子，進屋上樓，打開了林木的房門。

林木還沒睡，但已經熄了燈，裹著被子躺在床上，頭髮吹得很蓬鬆，軟軟蓬蓬的，臉埋在了懷中抱著的被角裡。

晏玄景走到床邊看著他，只覺得越看越像那幅他幼時的畫像。

狐狸精突然意識到了林木的年紀，表情瞬間變得精彩起來。

——妖怪的確沒有什麼穩固的倫理觀。

但是對小孩子下手是真的有點刷新底線了。

林木躲在被窩裡玩手機，悶了一會探出腦袋去透氣，一冒頭就看到晏玄景站在他的床邊，眉頭皺著，臉上的神情帶著九分煩惱、一分憂愁，和十分的糾結。

林木一時間不知道該跳起來把這個半夜摸到他床邊來的趕出去，還是探究一下晏玄景此時的心理活動。

最後林木坐起身來，仰頭看著晏玄景，問道：「你臉色不好，是發生了什麼嗎？」

林木說著，看了看外面院落被他爸爸搜刮得乾乾淨淨的月華，又看了看落入自己房間的小光團，然後露出了一臉恍然的神情，往床裡挪了挪，然後拍了拍旁邊空出來的床位。

「上來吧！」

晏玄景看著他的動作，微微一怔，眼中泛出幾絲愉快，乾脆地把那點糾結拋之腦後，抬步走過去，坐上床，正欲貼近，就聽見林木說話了。

「蹭月華對吧。」

林木滿臉理解，他抱著被子，微微歪了歪腦袋，看著人形的晏玄景，說道：「我還是喜歡原形，要九條尾巴，如果你能變成畫卷裡小小的那樣就更好了。」

晏玄景：「？」

不是邀請我為愛鼓掌嗎？

晏玄景對於幻化一道並沒有什麼心得，但只是變化一下本體大小問題不大。

他看了看林木，聽話地變成了小小一團，跳上了床。

林木看著這小小的白色毛團，倒吸一口涼氣。

告非！

這世上怎麼會有這麼可愛的小毛球！

林木伸出手，把小小一隻的牛奶糖舉起來。

綿軟的一小隻抱起來極輕，渾身絨毛蓬鬆柔軟，比之前的體型摸起來要更加鬆軟細膩，耳朵軟塌塌地垂著，身後九條尾巴順其自然地垂落著，加起來比這個身體還要大上兩圈。

被手捧著的小狐狸身上暖呼呼的，林木舉著牛奶糖的兩隻手沒忍住，伸出拇指來揉了揉牛奶糖的臉。

晏玄景面無表情地看著林木揉完了他的臉又開始揉腦袋，揉完了腦袋又開始揉肚皮，揉完了肚皮又摸起了他的尾巴，四隻小腳也沒有放過，以極快極熟練的動作把他渾身上下摸了個遍。

然後他聽到林木輕輕「咦」了一聲。

晏玄景回頭看向林木。

林木摸著床單，十分驚訝，「牛奶糖，你這個樣子竟然沒有掉毛。」

以前天天都能收集一大堆毛——畢竟晏玄景變成人形的時候其實不算多，按照晏歸的解釋，就是保持本體對於他們來講還是最舒心最自在的一種狀態，人形雖然靈活好用，但對九尾狐來說到底還是第二選擇。

所以林木一直以來也沒特意跟牛奶糖說每天都要梳出不少毛來的煩惱。

「幼年時當然不會掉。」晏玄景說道。

眾所周知，絕大部分動物幼年的時候只會換一次毛，就是身上胎毛褪去長出一身成年該擁有的豐密毛皮的那段時間。

林木聽到晏玄景的聲音，抬眼看向他，半晌，張口說道：「你別講話。」

晏玄景：「？」

「這麼可愛的樣子跟你的聲音一點都不搭。」林木說道。

晏玄景的聲音的確很好聽，對林木來說，單純只是跟他對話都能稱得上是享受。

但那高山冷雪一般的聲音跟如今他這個外表實在是太不搭了。

「你現在這個樣子特別適合……嗯，九尾狐本來的叫聲。」林木重新把小小一隻的牛奶糖舉起來，甜滋滋的，「好可愛啊，又不掉毛，你以後原形就保持這樣嘛好不好？」

晏玄景頓了頓，對上林木亮晶晶的雙眼，猶疑一瞬，剛想開口說話，又想起剛剛林木要他別講話，於是閉上嘴，點了點頭。

反正對他來說沒什麼影響。

林木高興就好。

林木見晏玄景答應了，高興地把手裡的小狐狸放到一邊，翻身下床，踩著拖鞋跑到櫃子前，把之前收好的做給他爸爸的小醜床拿了出來，放到了床頭櫃上。

接著，他把小小隻的牛奶糖放上了那張醜得要命的小床，只覺得有了牛奶糖趴在上面，連這張小醜床都變得好看了不少。

晏玄景趴在小床上，小小地打了個哈欠，枕在兩隻前腳上，看著林木摸出了一堆毛氈的小玩意。

那些毛氈散發著屬於晏玄景本狐的氣息，是用他之前掉下來的毛做的，氣息很淺淡，已經接近消散了。

這種自然掉下的毛過不了多久就會變成普普通通的毛，跟林木手腕上那條晏玄景特意做的手繩不一樣。

林木挑來挑去，挑了個小狐狸的毛氈出來，放到了小床邊。

晏玄景看了一眼，發覺做得還挺不錯的。

也不知道林木哪來那麼多空閒處理這些亂七八糟的東西。

晏玄景想著，看著林木舉著手機霹靂啪啦地對著他拍了一堆照，乾脆尾巴一甩圈住了自己的身體，腦袋埋進去，捲成了一顆圓滾滾的毛球。

林木收回手機，從剛剛拍的照片挑出了一張他最滿意的，設定成了桌面。

他又看了看睡成一顆球的小狐狸，抱著被子小小地嗚咽了一聲。

太可愛了。

甚至比晏玄景的人形還要令人心動。

林木倒在床上，側躺著，看著小狐狸的耳朵輕輕顫了兩顫，只覺得心尖也被那兩個毛茸茸的耳朵撩了一下，涼涼的甜甜的，從心一直軟到了身體。

過了許久，林木逐漸熟睡了，晏玄景才慢吞吞地從那張小床上爬起來，走到林木枕頭旁，重新趴下，打了個哈欠，抬頭看向窗外。

帝休藏在自己本體的枝杈間，細心關注著林木房間的動靜。

結果什麼都沒聽到，還被晏玄景發現了。

帝休遺憾地收回了注意力。

他對於妖怪的思路倒是挺瞭解的，就比如交配這種事情在兩情相悅的前提下壓根就不需要糾結什麼別的問題。

林木還挺喜歡晏玄景的，這一點他看得相當清楚明白。

不過他剛來的時候，林木還沒有這樣的心情，就是不知道什麼時候突然變化了。

帝休倒是覺得這事沒什麼不妥。

他本身就缺席了林木人生的前二十三年，當然不會去當那個在孩子有了心動的情感之後插手說不可以或不合適的角色。

只是他本來還以為今晚自家兒子就要真正變成一個有經歷的成熟妖怪了，結果誰能想到林木竟然另闢蹊徑完美錯開。

牛奶糖也是不爭氣。

帝休嘆了口氣，偏頭看了一眼熟睡的兒子，毫不猶豫地把放在枝杈間的玉雕壓碎，而自己則倏然消失了身形。

晏玄景看著窗外的蒼青色大樹抖擻著枝條，葉片在月華映照之下翠綠得一片通透，沒過多久，枝條間冒出了星星點點嫩黃的顏色。

那是帝休的花。

以前帝休開花的時候，他所處的山谷外就會聚集許許多多的妖怪，盼著風能帶出來些許神木花期時的力量。

——用科學的詞彙來講，就是花粉。

帝休的花粉有著寧神靜氣，使人神魂安定的效用。

大概是在為將要找回三魂七魄的帝屋做準備，畢竟帝休是沒有辦法使用自己這種力量的。帝屋可以靈藥和帝休雙管齊下，但帝休自己卻還是得靠嗑靈藥，或者是找一塊重靈地去扎根，林木的這個小院子根本不行。

哪怕是天天都有日月精華的沖洗也不行。

晏玄景這麼想著，不由得看了一眼掛在帝休枝條上睡過去的秦川。

這個傢伙大概也會跟著回大荒。

畢竟帝休和帝屋是肯定會回大荒去，林木也大概會去，秦川這個黏人精十有八九會變成帝屋的跟班，也跟著去。

擁有龍脈的地方過不了百年就會被蘊養成一片重靈地，再加上帝休和帝屋兩棵神木，按理來說不用多長的時間就足夠養出一片極其肥沃且適宜生存的土地。

他們換個地方，待個幾十年，又能養出一塊靈地。

如果他們待在青丘國境內的話，過不了多久，整個青丘國都會變成一片桃源。

晏玄景顫了顫耳朵，覺得這件事大有可為。

他一躍跳下床，乾脆到書桌旁寫起給自己母親的信。

掛在帝休樹枝上的秦川打了個小小的噴嚏，迷迷糊糊睜開眼，抬頭看了看周圍，沒發現有什麼危險之後，蠕動了兩下，又睡了過去。

林木一早醒來，洗漱完第一件事就是把腦袋埋進小狐狸的肚皮使勁蹭了蹭。

牛奶糖伸腳把林木的腦袋推開，跳下床，叼著信件就從窗戶跳了出去，一路竄出了院子，向著山去了。

林木趴在窗口，看了一眼一夜之間冒出不少花苞的大樹，愣了兩秒，「爸爸你要開花啦？」

伸到他窗邊的枝條輕輕晃了晃，然後探過來拍了拍他的頭。

林木聞到一股清甜的香氣，只覺得腦子倏然一空，彷彿丟掉了什麼沉重的包袱一樣，由身到心都變得無比輕鬆起來。

什麼苦惱都消失得一乾二淨，滿心只剩下輕鬆和愉快的念頭，就彷彿懶洋洋躺在一片溫水之中，無憂無慮，享受著音樂，沐浴著陽光，還能嗅到自然的清新味道。

林木恍惚地看到了小時候的自己跑到田溝撈蝌蚪，撈了滿滿一大盆，上學的時候起了個大早，帶到校門口去賣。

那是他自己得來的第一筆錢，他至今都記得媽媽抱著他使勁親使勁誇的樣子。

眼裡全是亮閃閃的光亮和驕傲。

後來林木會的花樣就越來越多了。

蝌蚪河蟹野果一個不落，自己兜售，後來還學會釣小龍蝦，一釣一大桶，仗著自己力氣大體力好，送到鎮上的餐館去賣。

餐館老闆是個很好的阿姨，見林木一個小孩子也沒有欺負他什麼都不懂，哪怕林木一週就只送個一兩次，也都會好好地付錢給他，有的時候還會打包一些飯菜和小點心，讓他帶回去吃。

還有學校門口警衛室的老爺爺，從來不驅趕他擺的小攤子。小攤子旁邊同樣是小攤販的一部分叔叔阿姨也是，一點都不介意他搶生意，偶爾還會出錢把他的東西全買下來，讓他早點回家。

現在翻起當年的那些記憶，從成年人的視角去看，林木才恍然意識到自己曾經遇過多少好人、收穫過多少善意。

跟這些善意比起來，他遭受到的惡意似乎就變得無足輕重。

慢慢地慢慢地，他就有點想不起那些應當被稱之為惡意和針對的經歷了。

林木看著走馬燈一樣的場景，心裡充斥著甜滋滋的味道，他懶洋洋地趴在窗臺上，忍不住就要笑出來。

帝休的枝條又輕輕拍了拍林木的腦袋，林木一驚，回過神來，這才後知後覺意識到了帝休的力量到底是什麼樣的感覺。

「好厲害。」林木驚嘆，「我剛剛覺得……世界真美好啊。」

帝休的枝條收了回去，他的聲音從風中傳來，輕柔溫和，「世界本來就很美好。」

林木現在心情極佳，想了想覺得自家爸爸說得沒錯。

雖然壞事也不少，但好事遠比壞事多得多了。

林木揉了揉臉，精神抖擻起來，低頭看了一眼時間，「我要去上班啦！」

林木一步三跳地到了辦公室，他推開大門，看了一圈蹲在辦公室裡的人員。

大黑和那五個人類，再加一個精神不濟顯得非常疲憊的吳歸。

他們看起來忙碌很久了，因為林木入職的時間很短又不強的關係，他們並沒有讓林木參與的意思。

而知道這一切到底是怎麼一回事的林木相當心虛，他在這辦公室的所作所為說是個臥底間諜也不為過了。

所以他安安靜靜地不敢吭聲，萬分乖巧地指哪打哪叫他幹啥就幹啥。

不過林木的工作態度一直不錯，所以也沒有人看出異常。

倒是吳歸抬頭看了看他，端詳了一陣，而後帶上了幾分笑容，摸了摸自己的鬍子，「小傢伙，你桃花挺順啊。」

「？」

林木一愣，下意識地應了一聲之後才回過神，張嘴吐出一串刪節號。

他的桃花要是順，那恐怕是找不到不順的人了。

吳歸看了太多醜陋又噁心的卦象和面相，一抬頭看到個渾身喜氣洋洋氣息乾淨的林木，只覺得自己終於洗乾淨了眼睛，好像做了五十遍護眼運動。

這五十遍護眼運動抱著一疊資料坐下來，吳歸又低頭重新投入了卜算之中。

林木看著他們把之前被扣留的個體戶依序領到辦公室來訊問一二，轉頭問大黑：「那幾個大家族的人呢？」

大黑擔心耽誤到那邊卜卦，小小聲說道：「他們說是本家出了事，急匆匆就走了，也不知道他們到底做了什麼。其中幾個被帝屋滅了，但因為可能跟大荒那邊那個妖怪有關係，所以把他們都暫時軟禁關押起來了。」

「這樣啊……」林木點了點頭，回頭去敲了幾下鍵盤，就察覺到吳歸那邊驟然傳來一股森涼陰暗的怨氣。

他猛地抬起頭來，看到辦公室幾個妖怪和人類都是面色蒼白的模樣。

其中尤以負責卜卦的吳歸為最。

過了半晌，吳歸才逐漸平和下來，將桌面的龜甲收起，說道：「最近出行多加小心。」

林木愣了愣，「……什麼？」

「那個大荒逃過來的妖怪。」吳歸想到剛剛的卦象和氣息，抿了抿唇，「帝屋的氣息都比他乾淨。」

林木渾身一震：「？」

那個妖怪還真跑過來了？

那不是帝屋演的嗎?!

「那個妖怪正在東北的方向，我會帶上人手嘗試追捕。」吳歸說完，偏頭看向林木這個傻呼呼還十分鮮嫩可口的小半妖，說道：「小傢伙，你比較弱……」

他說到這裡，在林木的面上端詳了好一會，直到確認了林木桃花那一頭的對象的確是他想的那個之後，才乾脆地叮囑道：「記得隨身攜帶晏玄景。」

林木當天睡前，把今天上班時候遇到的事跟晏玄景說了。

吳歸好像默認了晏玄景一直在他身邊了。

林木一邊說著一邊覺得有點小竊喜，他低頭看了看手腕上的手繩，看了一會，又收回了視線。

「吳歸的意思是囑託我多加小心吧。」林木揉著小幼狐圓滾滾的身體，握著他的兩隻前腳捏來捏去。

晏玄景點了點頭，表示自己知道了。

林木把牛奶糖翻過來，揉肚皮，小聲說道：「就是不知道那個妖怪本體到底是什麼啊，雖然他已經把帝屋的力量拋下了，但能夠攪出這麼大一場腥風血雨的妖怪，哪怕沒有帝屋的力量應該也不是很好搞定吧。」

晏玄景又點了點頭，幾條尾巴收在腹部，拿腳抱著，仰著被林木輕撓的下巴，舒服地瞇起了眼。

講實話，晏玄景是真的懶得去追查那個妖怪是怎麼一回事。

因為青丘國並沒有遭受到這個妖怪的襲擊，雖然他循線過去找這個妖怪打架的時候打輸了、還受了不輕的傷，但那是因為帝屋力量的特性加上他本身技不如人。

輸了就是輸了，技不如人沒什麼好說的，自己認命。

反正青丘國沒事，那個妖怪也沒有追殺他，比起一些撲上去之後就被乾脆俐落直接宰了的妖怪，晏玄景甚至覺得那個妖怪已經對他手下留情了。

其中大概是有著帝屋力量的影響，畢竟帝屋對九尾狐這一族向來印象極好且親近，而攫取了帝屋力量的那個妖怪，應該有受到一些影響。

只不過現在帝屋的力量被對方丟掉了，再遇到就不知道會是什麼場面了。

晏玄景瞇著眼，攤在屁股後面的三條尾巴舒適地翹了翹。

林木捏了捏牛奶糖翹起來的尾尖，手下的尾巴停頓了一瞬之後，迅速從他手裡抽出去。

牛奶糖翻了個身，重新趴下，身後的尾巴跟著捲了個圈，像是輕飄飄的羽毛，緩慢而優雅地落了下來。

噫嗚嗚噫。

真是可愛又端莊。

這麼可愛的毛茸茸動物竟然是真實存在的簡直令人難以置信。

林木忍不住把臉埋進細細軟軟的毛茸茸身體裡，蹭了蹭。

晏玄景趴在那裡，無所謂地甩了甩尾巴，圈住了林木的脖子。

林木吸了好一會毛茸茸的毛，然後抬起頭來，「熱。」

晏玄景收回尾巴，團在了林木的枕頭旁。

狐狸精也發現了如今這個幼小體型的好處，就是不用擔心林木因為熱而把他踹下床了。

他這麼小一隻，可以睡在林木的枕頭旁，林木總不能半夜把他扔出去或者用頭把他頂出去。

牛奶糖趴在枕頭上，懶洋洋地打了個哈欠。

正如吳歸所囑咐的那樣，林木的確隨身攜帶晏玄景了。他可不是那種自以為是的人，被吳歸這等前輩特意叮囑了，他為了自己的小命，當然不會放下戒心。

這幾天上班都特意背了個背包，也不知道晏玄景到底是怎麼瞞過機器的，安檢的時候從來沒被發現過。

——也多虧這段火車終點站和倒數第三站的路途上，乘客並不多。反正都有座位坐，不會把晏玄景這位尊貴的九尾狐擠成狐狸餅。

林木出了車站，把牛奶糖從包裡拎出來抱著。出門在外的時候牛奶糖都是一副圓滾滾毛茸茸的薩摩耶幼犬的樣子，看起來就像一團軟呼呼的奶油冰淇淋，十分好揉。

林木揉了好幾天了也沒膩。

他一邊揉小狗一邊看了看月曆，把牛奶糖舉到面前來，說道：「明天有個小型花卉展，你能跟我一起去嗎？」

晏玄景被他舉著，先是點了點頭，被林木高興地親了一下腦門之後，抬腳摸了摸自己被親的地方，眉頭漸漸皺了起來。

總覺得林木這個態度有點奇怪。

有點似曾相識——但晏玄景又想不起來到底哪裡似曾相識了。

這個問題讓晏玄景感到了幾分困擾，一直到林木帶著他到了花卉展的地點，他也沒能從自己五百多年的回憶之中找到那點似曾相識。

這個花卉展並不是什麼官方舉辦的大型展覽，是類似於小市集，由A市一些花草植栽同好自發湊在一起舉辦的一個小型展覽。

固定在每年三月、七月和十月的最後一個週末舉行，地點通常就是在A市最大的花卉市場旁邊，花卉大廣場的東北角。

每到這個小型展覽舉辦的時候，都會有不少人帶自己培育種植的花卉過來擺，有的是為了炫耀，有的是為了出售，還有的是為了交流而來。

這個小展覽不給大型廠商參加，所以一直都是同好交流的好場所。

而這個展覽的主辦人，正是林木認識的那位趙大老闆。

林木是經由他介紹拿到了入場券，在這個小展覽認識了不少老闆，也從這個展覽賺了不少錢。

林木這次例行拜託了德叔載著他和準備賣的盆景和花卉過來。

有了溫室之後，他本來想嘗試弄一下控制溫度的設備，但最後小人參說根本用不著。

說完這話，小人參就搖搖晃晃地上山去轉了一圈，找了幾個小精怪回來，溫室就春夏秋冬溫度齊備了，還能自由調節，就連吹風飄雪都不成問題。

再加上林木自己覺醒了妖力，照顧花花草草越發簡單，所以他這一次帶來的貨品種類相當豐富，賣相也十分好看。

林木覺得這一次他必定可以大賺一筆。

貨車不能進場，所以林木早早到了，推著小推車一車一車把盆栽往裡運。

因為趙叔的關係，他在這個展覽有一個專門預留的攤位。以前都是他運貨然後拜託相熟的人顧攤，但今天他把小小隻的牛奶糖留在了那裡看著，自己一趟一趟慢慢搬貨。

等到前兩批花搬完，林木推著小推車送到第三趟的時候，發現他的小攤子被團團圍住了。

林木站在人群外頭一愣，剛想出聲，就聽到人群裡傳來趙叔的聲音。

「這盆桂樹盆景多少錢？」趙叔問道。

林木一頓，抬腳想擠進人群，又聽到一聲清晰的幼犬咆哮，「嗷嗚！」

林木：「？」

「兩千五是嗎？」

「嗷。」

「四千？」

「嗷。」

「五千往上？」

「嗷嗚！」

林木站在人群外愣了好一會，終於意識到他的攤位為什麼會有這麼多人了。

他也不急著進去了，站在一波又一波起哄的人群外，聽著趙叔跟牛奶糖討價還價敲定了一盆桂樹盆景的價格。

那個價格比他之前順口告訴牛奶糖的還要高出了好幾千。

等到趙叔喊人來搬走大型盆景的時候，人群讓開了一條路，晏玄景一抬頭就看到了站在人群外的林木。

林木一臉嘆為觀止地看著端坐在那裡的那團毛茸茸圓滾滾的球，而晏玄景一點都沒有覺得有什麼不對，看到林木回來了之後，就慢吞吞趴下了。

趙叔也看到了站在人群外的林木。

他咧嘴一樂，「嗨呀林木，這是你家小狗嗎？」

林木抬手推起小推車，往人群裡走，點了點頭。

提早來的都是一些往年的常客，都有固定攤位，跟林木也算得上熟識。

他們一邊趁著能提早入場的方便，端詳著林木這一次帶來的貨好趁早下手，一邊嘰哩呱啦說著林木這次放在這裡顧攤的幼犬。

「你這狗也太聰明了，不是都說薩摩耶很傻嗎！」趙叔搓了搓手，「你是從哪找來的小狗？」

林木卸著貨，十分誠實地答道：「我撿來的。」

趙叔大概知道了林木跟他兩個舅舅的事，順勢就提了一兩句。說是兩個舅舅都還挺順利的，大舅自己重新起家去開了間公司，這麼多年積累下來的人脈用處不小，還有小舅在疏通關係，搭配工作穩穩當當。

林木一邊聽著一邊點頭，趙叔說完停頓了一會，看著搬空了小推車的林木，說道：「你要不要去你大舅那裡工作啊？我記得你不是念會計嗎？」

林木知道這應該就是他大舅的意思，可能是大舅那邊還沒想好怎麼開口，趙叔乾脆就替他說了。

林木這麼想著，表示十分感激並搖了搖頭，「謝謝趙叔，但我已經考上公務員了，現在待的單位挺好的。」

趙叔聽他這麼說也並不意外。

畢竟林木當初就連媽媽的葬禮最終也是自己一個人操持的，壓根沒想過求助親人。

他大舅就是覺得哪怕說了也會被拒絕，但又想著外甥可能過得有些拮据想要幫幫忙，所以一直糾結不定。

「好吧。」趙叔點了點頭，幫友人問過之後也不再多說，拍了拍林木的肩膀，甩著袖子去別的攤位晃晃了。

林木蹲在牛奶糖身邊，把牠舉起來，問道：「我之前哄你叫的時候你怎麼就不叫呢？」

晏玄景聞言，毫不猶豫地甩了甩尾巴，然後軟得要命地「嚶」了一聲。

林木噎住兩秒，忍不住捏了捏牛奶糖軟呼呼的臉。

晏玄景覺得這動作有點熟悉，當初林木捏那些會汪汪叫的玩偶時就是這麼捏的。

晏玄景沉默了好一會，最終面無表情地配合著林木，捏一下「嚶」一聲。

「……」林木覺得自己要死了。

死因是牛奶糖過於可愛。

他耗盡了自制力才放下了手裡那團毛茸茸的動物，終於在展覽正式開幕之前搬完了貨，坐在了攤位旁。

晏玄景趴在林木腿間，打了個哈欠，任由林木有一下沒一下地摸著他，想著剛剛林木和趙叔的對話。

他覺得林木那兩個人類親人倒也還算不錯，畢竟跟隨心所欲的妖怪不一樣，人類要做決定總是容易瞻前顧後猶豫不決，擁有家庭和事業的人類就更是如此了。能夠從這兩者之間騰出空隙嘗試關心他人的人類，在晏玄景眼裡都算是不錯的類型。

不過可惜。

林木十有八九會拋棄中原這邊。

等到時光推移，林木卻始終沒有老去的時候，他總得找個地方把這份異常藏起來。

除了大荒之外，沒有更適合的地方了。

何況林木血統純粹的父親也會回大荒。

晏玄景趴在林木腿上，看著眼前來往絡繹不絕的人類，開始思考地域廣闊的大荒有哪些值得一去的地方。

旅行之前要做功課。

亂跑的下場可能就會跟帝屋一樣，翻船翻得毫無預兆。

晏玄景闔著眼思考著大荒旅行行程，過了不知多久，突然被林木拉了拉耳朵。

他抬起頭來，看向林木。

林木正微微皺著眉，左右環顧，發覺腿上閉目養神的狐狸精睜開眼之後，小聲說道：「牛奶糖，我覺得有人在看我。」

晏玄景聞言，瞇著眼仔仔細細地檢查了一遍周圍往來的人群，更掃到了遠到三公里之外的範圍，卻沒有察覺什麼異常。

狐狸精轉頭看向林木，發覺他的的確確感到了不安之後，也皺起了眉。

林木看了一眼晏玄景，聲音壓得很低，「真的有人在看我，一直盯著。」

晏玄景搖了搖頭，表示自己並沒有發現。

林木抿了抿唇，皺著眉賣完了東西，問道：「那我們還回家嗎？」

晏玄景略一思考，要林木今晚在外面住宿。

家裡如今的情況，不允許他們帶些什麼莫名其妙的東西回去。

畢竟家裡有棵剛融合好魂魄的脆弱神木，還有一窩小妖怪和一窩精怪，雖然待在院子就稱得上是銅牆鐵壁一樣的防備，但連晏玄景都揪不出來的角色，說不定還真的會威脅到小院子。

更別說真的打起來的話，林木的小院子根本保不住。

林木在這種事上當然是聽晏玄景的意見。

他打了通電話回家，接電話的是小人參。

小人參一聽林木說今晚不回家了，先是應了一聲，電話剛掛斷就抱著手機跑到了院子，找帝休告狀。

小人參噘著嘴童言童語地告狀，「林木說他今天不回來了，今天是週末，他是不是偷偷跟牛奶糖出去玩不帶我們？」

帝休緩緩浮出身形來，輕輕眨了眨眼，說道：「大概不是吧。」

小人參癟癟嘴，「那為什麼不帶我們啊？秦川就算了，我很乖而且還不倒楣。」

「嗯，這個嘛……」

帝休沉吟著搓了搓下巴，想起這幾天天天親密地睡在一起但就是什麼都沒發生的兩個後輩，覺得自己終於明白為什麼他們什麼都沒發生了。是害羞吧。

帝休這麼想著，抬手虛虛地摸了摸小人參的腦袋，笑咪咪地說道：「不帶我們一起，大概是因為他們要去做成年妖怪做的事吧。」

第十九章

Public Office of Non-human Affairs

林木完全沒有接收到自家父親的殷切期盼。

他掛掉電話，一溜煙跑出了花卉展場，脫離了人流之後拉著牛奶糖問道：「我們應該去人多的地方還是人少的地方？」

晏玄景從林木的領口鑽出來，小腦袋四下看了看，說道：「人多的。」

林木腳步一頓，「不會牽扯到別人吧？」

「不會。」晏玄景篤定。

這種習慣於隱藏的妖怪是不會在人流量大的地方現身的。

這是身為一個妖怪很難控制的本能，這也是為什麼每一次有妖怪鬧出事情來了，第一反應就是要先查一下本體是什麼。

江山易改，本性難移。

查清了本體，基本上就相當於勝利了一半，剩下的一半就是妖怪的單兵作戰能力問題了。

晏玄景在大荒生存了這麼些年，對妖怪這個種族本身相當瞭解。

還在學習的半吊子林木毫不猶豫地相信了他，跑去市中心的賣場吃了頓飯。

那道視線如影隨形，林木磨磨蹭蹭地吃完了飯，又替牛奶糖打包了一整隻烤雞和一份孜然炒雞丁，提著盒子離開了賣場。

林木低頭搜索著附近的旅館，找了個平平無奇的旅館訂好了房間。

習慣了那道視線之後，不安的感覺倒是沒有那麼嚴重了。

林木一邊走一邊思考著，小小聲說道：「我沒有感覺到什麼惡意。」

擁有了妖力之後的感官跟以前截然不同，他多多少少學會了怎麼分辨危險和潛在的威脅。

從他發覺自己被注視起，時間已經過去了五個小時，這五個小時裡對方的目光一直沒有離開，卻也沒有流露出什麼能讓他警惕的惡意來。

「他好像就是……看著我。」林木不太確定，「在觀察吧。」

就是普普通通打量的感覺，沒有別的意味，除了被這麼盯著總讓林木心理上感覺怪怪的之外，好像沒有什麼妨礙。

晏玄景仔細觀察著周圍，始終沒能發覺到什麼異常。

這種無法掌控的感覺並不常有，但晏玄景的耐心一向很好。

林木找到了他訂的旅館，辦好入住進了房間，剛關上門，晏玄景就跳出來變成了人形。

同一時間，林木感覺落在他身上的視線消失了。

他頓了頓，轉頭看向晏玄景，卻發覺房間的窗戶被打開，而晏玄景本人不知所蹤，只在床上留下了一只半個巴掌大小的灰白色圓盤。

圓盤上刻著一些紋路，林木看不懂，但他認得這是什麼東西。

一個陣盤，啟動了就能夠變成一個陣法。

林木把那個陣盤拿起來，擺弄了一下，把它啟動了，放在床頭櫃上。

晏玄景大概是發覺了什麼所以去追蹤了，林木現在一個人也不敢隨便做什麼決定，只好坐在床上盯著窗戶外，等著晏玄景回來。

他拿著手機低下頭，把地址傳給帝屋，以防萬一。

晏玄景的確是察覺到了。

他陪著林木一起出門的時候，都會把自己身上的氣息收斂得一乾二淨。

畢竟人來人往的地方各種各樣的寵物也多，他不收斂好，那些動物察覺到了都會表露出反常的舉動。

所以在別的人看來，晏玄景就是隻普普通通的幼犬而已。

但他變成人形的時候，發現有一道視線落在了他身上——他瞬間意識到就是林木說的那個盯著他的傢伙。

大概是沒有意識到林木抱著的幼犬竟然是個妖怪，所以轉頭看了他一眼。

狐狸精向來擅長抓住漏洞打蛇隨棍上，晏玄景當場就循著那一點點感覺衝了出去。

說實在話，晏玄景對這個妖怪感覺十分不爽。

任誰的心儀對象被一個莫名其妙的陌生人盯上好幾個小時，都會感覺不爽。

晏玄景覺得自己的脾氣相當好了，但這件事情還是讓他感到了少有的怒氣。

他氣勢洶洶，伴隨著一連串巨大的音爆聲，一路火花帶閃電，順著那一點點氣息尋找過去，然後闖進了一片綠意盎然的森林。

林木待在旅館，跟帝屋報備了一下情況，並表示不要告訴帝休之後，又跟大黑打了通電話，稍微說明了自己遇到的情況。

「晏玄景之前都沒能發現。」林木盤腿坐在床上，說道：「他應該也算得上是頂尖的大妖怪了，所以我就想，之前那個觀察我的妖怪會不會就是大荒來的那個……」

大黑在電話那頭輕嘶一聲，「可是你不是說沒有感覺到什麼惡意嗎？」

「對，所以很奇怪。」林木嘟噥道。

要說他有什麼值得覬覦的地方，那大概就是帝休的血脈了。

但真要是盯上了帝休，以這位連晏玄景都沒辦法馬上揪出來的妖怪的手腕，找到他爸爸應該也不是什麼特別難的事情。

當初幾個大妖怪極其放心地把帝休留在林木這個小院子，就是覺得敢頂著被天地責難的巨大因果去襲擊帝休的，多半都是些結伙來襲的傢伙。

想想當年帝屋那回事吧，哪怕是大荒最頂尖的那些妖怪，也要跟諸多人類分攤因果才會去觸碰這個天地的禁忌。

人家真的結伙過來，誰都難擋住；零零散散過來的，絕大部分連小人參都打不過。

而林木的小院子，在小人參之前，還有一層又一層數都數不清的防護和陣法。

能夠看到林木那個小院子的都是普通且天賦不佳的人類。

他們就算看到了，想要進去也比登天還難。

而不普通的妖怪和天賦極佳的人類，卻會被層層幻術迷惑。

能夠看破那些幻術的大妖怪，數遍了整個中原都不見得有幾個，更別說幾個大妖怪聯手跑到林木家打算去攻擊帝休的可能性了。

絕大部分大妖怪，其實都是相對克制自己、且十分禮貌的。

雖然他們總嫌棄人類辦事磨磨蹭蹭，但也會學著人類的一些規矩來做事。

比如拜訪之前先投個拜帖什麼的。

只要往日無冤近日無仇，沒有誰會直接打上門來。

林木覺得那個妖怪本身的確沒有什麼惡意，所以他的行為就更加難以理解了。

要是真的對他有興趣，那應該直接上前面對面交流才對。

藏在一旁暗中觀察算什麼？

他進房間的時候幾乎就沒有遇到什麼人了，就連晏玄景都小小聲跟他說也許在他們單獨相處的時候，那個妖怪會出來。

畢竟能夠瞞過九尾狐的眼睛，這個妖怪怎樣都算是有名堂的類型了。

「從大荒來的那個妖怪氣息那麼嚇人，的確也可能不是。」林木跟大黑說道：「那你知道有什麼特別能躲藏的妖怪嗎？如果是在中原的大妖怪，應該有登錄吧？我現在在旅館等晏玄景，不敢外出，你幫我查查？」

「那你等一下，我上樓去幫你查查。」大黑剛好在辦公室加班，聽到林木這麼問就上了樓，站在資料室的平臺上，向資料室的精怪問道：「能夠瞞過九尾狐眼睛的妖怪有哪些？」

他腳底下的平臺震顫了一瞬，然後蹦出了一張紙，上面龍飛鳳舞地寫著一句話。

比他更強的九尾狐。

大黑：「……」

聽到大黑念出聲的林木：「……」

「別鬧啊。」大黑無奈。

他周圍的書櫃「轟隆隆」地退開，平臺載著大黑前進了好長一段距離，然後停住了。

從中間蹦出了好幾份資料來。

大黑一一拿了，對林木說道：「我去找你吧，你那麼弱，沒晏玄景在身邊別出事了。」

林木十分有自知之明，乖乖點頭，「好。」

公所距離林木所處的旅館並不遠，大黑拿著資料袋，沒多久就到了。他來了之後毫不猶豫地往床上一坐，學著林木的樣子大咧咧地盤起了腿。

林木從他手裡拿過那幾個資料袋，隨便拆了一個。

能夠跟九尾狐——尤其是晏玄景這種九尾狐比肩的妖怪很少，每一個種族都可能會出現相當厲害的大妖怪，而其中一些種族的天賦相當特殊。

舉個例子，影魅。

這種妖怪本身是最低等的存在之一，誕生於各種各樣的影子之中，朝生暮死堪比蜉蝣，但記載裡的確是有著影魅一族的大妖，在隱匿行跡這一方面幾乎沒有妖怪比得上他。

因為他可以把自己藏在任何一個物體的影子裡，轉瞬就可以透過影子橫穿整個大荒。

想要困住他有、且僅有一個辦法，就是讓一塊地方完完全全明亮，毫無陰影。而因為這一點實在是太難辦到，也始終沒有妖怪嘗試實行。

影魅又一直獨來獨往，從事情報販賣工作，最多就是跑去相熟的大妖怪那裡要點好吃的，過得相當滋潤。

除了影魅之外還有一些特殊的例子。

大黑一邊翻閱一邊念一些關鍵的字句給林木聽，這幾份資料都有點厚度，因為記錄著那些大妖怪的生平。

大妖怪的壽命極其漫長，而這些生平記錄，就連地府那邊都不如他們來得詳盡。

其中幾個大妖怪已經在某個事件中死去了，有些還活躍在大荒和中原各地，還有一些隱居了，隔個幾百年才會慢吞吞地來報個到，表示自己還活著。

林木拿手機做著筆記，大黑在一旁一起幫他整理重點。

等到大黑又看完了一份，林木停下手，看著自己的備忘錄，說道：「可是這些跟我都沒有關係啊，他們完全不是會對我感興趣的類型吧。」

而且這些妖怪這麼厲害，要是真對他的血脈感興趣，完全可以安全無痛地去找他爸爸。

大黑也覺得十分苦惱。

他又打開了一份資料，說道：「這個，大妖怪叫蜃，極為擅長幻術，據說本體無形無影，可以完全融入虛空之中。」

林木問：「海市蜃樓的蜃？」

「對。」

大黑應道，略過了一堆不重要的資訊，然後目光停在了其中一條上，念道：「與人類孕育一子，產子後死於大妖激鬥，其子流落於外不知所蹤……」

林木打備忘錄的手一頓，「半妖？」

「半妖。」

大黑應道，看了一眼時間，說道：「距今已經有八百多年了，如果她那個孩子還活著的話，能力應該不會太低。」

他話音剛落，晏玄景就從窗戶外跳了進來，一抬眼就看到坐在床上湊得很近的大黑和林木，不由微微瞇了瞇眼。

大黑只覺得一股涼意從腳底竄到了頭頂，又從頭頂竄到了腳底，讓他渾身每一根汗毛都跳起了芭蕾。

他猛地抬頭看了一眼晏玄景，在對方面無表情的注視下露出了幾分驚恐，火速跳下了床。

晏玄景對於大黑的識相相當滿意。

他神情平靜地收回視線，轉頭看向林木。

林木正坐在床上上下打量著晏玄景，發覺對方身上沒有什麼傷痕之後悄悄地鬆了口氣。

晏玄景察覺了他的小動作，問道：「怎麼了？」

「擔心你受傷啊。」林木回答道：「雖然我覺得那個妖怪沒什麼惡意，不過萬一是我比較蠢呢。」

晏玄景聞言微怔，垂眼看了林木好一會，感覺就像是石子落入了平靜的湖面，擾亂了一池秋水，漣漪一圈一圈蕩開，一下又一下漫過了堤岸。

有什麼東西滿溢出來，軟綿綿地輕輕敲擊著冷硬的堅壁。

有些癢。

又像是被什麼絨毛輕輕蹭過了指尖，甜滋滋的。

晏玄景品味著那一點透出來的甜，下意識地說道：「你不蠢。」

林木：「？」

重點是我蠢不蠢嗎？

林木微微瞪大了眼，看著表情嚴肅彷彿一點也不會說假話的晏玄景，覺得自己跟他可能是真的沒有辦法正常交流。

大黑面無表情地看著神情輕柔若有所思的晏玄景，又看了看不自知地撒著嬌的林木，感覺自己的眼白有點不夠翻。

明明是三個人的電影，為什麼我不配有姓名。

大黑心裡泛酸，手拿著文件，清了清嗓子，試圖提醒這兩個人說正事。

林木果然被喚回了神，挫敗地收回視線，拖長了聲音問道：「那你追查到什麼了嗎？」

「嗯。」晏玄景點了點頭，「很大機率是大荒出來的那個。」

林木和大黑都顯出了幾分驚愕。

「可是他……對我並沒有惡意啊。」林木強調道：「當初吳歸卜卦的時候，那股氣息我也感受到了，跟那個視線的感覺完全不一樣。」

「他大概是真的對你沒有惡意。」晏玄景耐心地說道：「但偽裝是妖怪的基本功，必要的時候我也可以表露出惡意和殺氣。」

林木沒有見過晏玄景恐嚇他人的時候是什麼模樣，但大黑聽了晏玄景這話，迷迷糊糊總覺得自己是知道的，光是聽到晏玄景這麼說，就反射性地打了個顫。

但仔細一想，又想不起什麼來。

不過他贊同了晏玄景的話，對林木解釋道：「絕大部分妖怪沒有惡意又刻意收斂的時候，都是能夠掩蓋許多人耳目的，尤其是那個妖怪可能非常擅長隱藏類的技巧。」

晏玄景抬眼輕輕掃過大黑，微微頷首。

大黑感覺被鼓勵了，頓時精神一震，繼續說道：「當初在山裡的時候，那個妖怪肯定是沒在藏，後來發覺不對勁跑路了，老烏龜又利用卜卦來窺探他，他必然會以惡意相待。」

沒有誰會對這種窺視抱以寬容和善意的——哪怕是林木都火速反應過來了。

把林木放在這裡，要不是因為他本身比較弱還找不到那個妖怪在哪，他早就衝過去對那個偷看他的妖怪拳打腳踢了。

誰會想被盯著看五個小時，有病嗎？

雖然大黑話裡的前半部分晏玄景和林木都知道是假的，但後半部分的推測卻是相當有理有據。

林木撇撇嘴，轉頭問晏玄景：「你為什麼會覺得這個妖怪就是之前在大荒的那個啊？」

「因為我跟他交手過。」晏玄景略一回憶，說道：「他的手段非常、非常的特殊，極好辨認。」

晏玄景當初跟那個妖怪交手的時候，翻船翻得相當迅速。

因為這個妖怪的戰鬥方法，嚴格來講，並不是親身上陣的那種。

他依賴的應該是幻術或者陣法一類的手法，再加上他當時融合了帝屋的力量，本身對於妖怪就有著非常強勁的壓制效果，在大荒基本上是神擋殺神佛擋殺佛。

雖然其中也有那些真正強大的妖怪懶得自己動手的因素在——至少晏玄景知道，包括他爹在內的一些大妖怪，都在等著這個本體不明的妖怪直奔崑崙虛，然後被天帝出手制裁。

他們就等著在戰後的殘骸裡撿點便宜，順便讓自己的後輩去鍛練一下身手。

晏玄景就是這麼被自家爹娘扔出去的。

他當時追蹤著這個妖怪，追上之後一掌打過去，眼前就出現了他的母親。

這個妖怪最擅長的手段，就是把敵人心中最為敬重、最為高不可攀的存在反映出來。

落入他地盤的妖怪心中所敬重的存在有多強大，那麼那個幻影就能有多強大。

大家都猜測，這個妖怪本身的戰鬥力其實並沒有多強。擅長幻術和精神控制的妖怪戰鬥力都很爛，這是公認的事實。

但因為他帶著帝屋的力量，再加上大家對於如何防備這種事一點眉目都沒有，所以才會讓那麼多妖怪翻了船。

晏玄景在被自家母親的幻影暴打了一頓之後，痛定思痛，反覆推敲，好不容易找到了一個覺得可以一雪前恥的方法，包袱款款準備再去找那個妖怪麻煩的時候，就被他爹以傷還沒好不許出去晃為由，扔到中原去鎮守通道了。

通道倒是好好守了，可惜依舊沒能防住那個妖怪跑到中原來。

但好消息是，那個妖怪沒有把帝屋的力量一起帶出來。

不然中原現在應該已經屍山血海一片了。

這一次晏玄景認真嘗試了一下控制神智的方法——自己置身幻境的時候，面對自己的母親，滿腦子就想著小時候母親為他舔毛的畫面。

果然那道幻影就柔弱得不堪一擊。

不過晏玄景對自己這個方法諱莫如深，乾脆地一句話帶過，最終下了結論，說道：「我贏了。」

林木也相信晏玄景贏了，甚至還贏得很漂亮，連一點傷都沒受。

於是他點了點頭，問道：「那為什麼沒有抓住那個妖怪啊？」

「……」晏玄景沉默了兩秒，說道：「他並不需要親身與我交手，困住我，有時間用來逃跑就足夠了。」

林木一想也是。

會來陰的妖怪，怎麼可能輕易被抓住。

反正他現在也沒有那種被人注視的感覺了，林木放鬆了不少。

他起身去把大黑手裡的資料拿過來，又把自己做了筆記的手機一起交給了晏玄景，說道：「這是我跟大黑整理的資料，是一些能夠瞞過九尾狐眼睛的妖怪。」

大黑點點頭，補充道：「目前來講的話，唯一有共通之處的只有蜃的那個半妖孩子了，就是不知道能不能查得到相關情報。」

晏玄景聞言，拿過那些資料，慢慢流覽起來。

大黑見晏玄景回來了，也不再多待，轉頭告了辭，說是他還得回去把晏玄景帶回的消息告訴人類和吳歸。

林木看著坐在一旁椅子上垂眼翻閱資料的晏玄景，轉頭去洗了個澡。

今天忙了一天，雖然以體質來說他已經漸漸脫離了人類範疇，但林木還是覺得怎樣都得洗個澡。

晏玄景抬眼看看水流聲淅淅瀝瀝的浴室，半晌，又慢吞吞地收回視線，繼續翻閱大黑帶來的資料，順便打開了之前林木打包帶回來給他的烤雞和炒雞丁。

林木洗完澡出來，看到晏玄景還在專心致志地看資料，也不打擾他，自己洗好了衣服掛好，裹著浴袍鑽進被窩。

林木已經好久沒有感覺到疲憊的滋味了，今天先是忙忙碌碌，接著又緊繃了一整天，此時驟然放鬆下來，幾乎是瞬間就昏睡了過去。

晏玄景慢吞吞地吃完了兩份外帶，眼見要天黑了，便打開桌上的小夜燈，就著那點光翻完了所有大黑帶過來的資料，最後只留下了其中一份。

是那份蜃的資料。

晏玄景對這個大妖怪有印象，雖然她死的時候晏玄景還沒出生，但他曾經在父母的閒談中聽他們提過一兩句這個妖怪。

那是個妖力非常強大卻並不擅長正面爭鬥的妖怪。

她棲息在一片終年霧氣蒸騰的大澤，因為蜃本身的特性，她常年將自己化作霧氣，接受一些妖怪的求助。

這些妖怪通常都是在大澤的邊緣匍匐跪地，乞求大澤的主人讓他們見上已逝的人或者妖一面。

得到應允之後，他們就會進入大澤，與已經逝去、最為魂牽夢縈的那個存在見上一面，說上幾句話。

據進入過大澤的妖怪所述，那是一片極溫柔、極美麗的地方。

白霧繚繞在山水之間，有鷺與鶴自由自在地翱翔，偶爾可以窺見鸞鳳自氤氳著霧氣的山林之中騰空而起，霞光千丈，萬鳥相隨。

連吹拂過大澤的風都帶著歌謠的輕吟，如夢如幻。

所以那片大澤也被稱作夢澤，而夢澤的主人，就是蜃。

誰都不知道蜃是如何讓那些已逝的人類和妖怪重新出現的，大荒有許多妖怪始終認為夢澤是大荒的魂歸之地，對這片美麗而溫柔的水澤之地格外尊敬。

但大妖們卻多有猜測，幻術、陣法、夢境——或者是別的什麼，都是極有可能的，只是蜃一直獨來獨往，沒有什麼朋友，當然也談不上去詢問。

後來，有兩個大妖怪在夢澤旁產生了紛爭，大打出手，把蜃捲入其中，結果三敗俱傷，一個都沒活下來。

現在想來，蜃的手段應該就是窺探神魂與心靈的間隙，而後施加幻術迷惑他人並自保了。

如果真的是蜃的孩子的話……

晏玄景沉默下來，覺得自己隱隱約約可以猜測得到為什麼那個半妖會瘋得那麼厲害了。

因為他是半妖。

還是沒有長輩庇佑的半妖。

半妖在大荒是非常難以獨自生存的。

即便是大妖的孩子也一樣。

因為絕大部分的半妖天生就比妖怪弱小一些，雖然身為大妖的後代，論力量也絕對會比普通的妖怪強大不少，但很多東西，不是力量強大就可以應付的。

何況還在成長期的半妖，不可能達到橫行大荒的程度。

晏玄景見過一些半妖。

在大荒，有長輩庇佑的半妖都經常被針對，更別說是沒有長輩的那一些了。

蜃本身沒有什麼朋友，雖然聽說過夢澤的主人有了愛侶的消息，但在蜃死後，沒有人發現她的愛侶，更沒有人發現她還有個孩子。

而手裡這份資料，據說是一個以前生活在夢澤之中的鸞鳳，在修練成了人形之後寫的。

她從幼鳥時起承蒙蜃照顧多年，將蜃的這點情報寫下來，大概是想著有個寄託——蜃沒了，把她寫入會永久留存起來的資料之中也是好事。

晏玄景當初被爹娘扔進大荒深處的混亂之地沒有發瘋，一是他知道自己終究有歸所，二是他本身的能力不差，更何況在被扔出去之前就已經有了一定的實力。

但蜃的孩子不一定如此。

無依無靠，還是個半妖，又是大妖之子，會遭遇什麼事情，晏玄景簡直再明白不過了。

他這種血脈純粹的九尾狐被丟到大荒底層去的時候，都被一大群妖怪追殺，試圖將他吃肉啖骨分而食之。本身實力不如純粹的妖怪、又身負大妖血脈的蛋的孩子就更不用說了。

帝休當初之所以花費一大番力氣遮蔽自己妻兒的痕跡，也是非常清楚一個身負大妖血脈卻沒有庇護的半妖孩子會遭遇什麼，才會乾脆地做出這樣的選擇。

晏玄景沉默地收好資料，變回幼小的原形跳到床上窩在林木身邊，抬腳輕輕蹭了蹭林木的臉。

多虧帝休那麼做了。

不然林木可能早就被吃得一乾二淨了。

林木迷迷糊糊地握住了牛奶糖的小腳，把自己往被子裡縮了縮，剛一縮，放在床頭櫃的手機就響了起來。

林木努力睜開眼，摸到手機後接起來，「喂」了一聲之後就迅速跳了起來。

牛奶糖看著瞬間清醒過來的林木，問道：「怎麼了？」

林木匆匆忙忙下了床，說道：「譚老師路上突發中風，被好心人送去醫院了。他有個學生在醫院工作，但他太忙了，又不知道譚老師家人的聯繫方式，就要我先去協助照顧一下。」

晏玄景知道那個譚老師。

不但知道，他對這個老人的印象還相當深刻。

那是林雪霽的指導教授，在林雪霽走後給了林木不少幫助和照拂。

同時也是牛奶糖這個名字真正的命名者，是為他自己家的薩摩耶取的，然後被林木拿來套在了晏玄景身上。

晏玄景看到林木把剛掛上去沒多久的衣服取下來就要往身上套，一抬手就把衣服蒸乾了。得到了林木一個道謝之後，他被林木捧著塞進口袋，匆忙出了門。

林木急匆匆到了醫院，匆忙把那位好心人尚未付款的醫藥費用繳清，趕到病房外的時候，老人還在急救。一個穿著簡單的T恤和牛仔褲的人安靜地坐在急診室外，靠著牆仰著頭，看著醫院走廊天花板上的燈管發呆。

那人臉色蒼白，眼底帶著濃重的青黑，手腕和腳踝都露在外面，很細，隱約可以窺見其下青紫色的筋脈。

他極其消瘦，嘴唇有些乾枯，頭髮亂糟糟的，整個人顯得十分萎靡。

他安靜地坐在那裡，看起來有些陰沉，與周邊的環境格格不入。

「那是把病人送過來的好心人。」和林木一起過來的護理師說道：「他的身體情況看起來也十分糟糕，不過他一直拒絕做檢查什麼的。」

「謝謝。」林木點了點頭，抬腳迅速走過去。

似乎是察覺到有人來了，他偏頭看向林木，面上的神情一陣扭曲，肌肉劇烈地抽搐著，顯得有些可怖。

林木腳步一頓。

晏玄景從他的口袋探出頭來，說道：「沒事，繼續走過去，他需要帝休的力量來安撫。」

林木於是重新邁出了步伐，眼看隨著他的靠近，那個好心人逐漸平靜下來，顯得無神的雙眼微微動了動，將目光落在了林木身上，又看向了林木口袋的晏玄景。

林木一愣，下意識擋住了口袋的小狐狸，隨即又意識到不對，普通人是看不到晏玄景的。

那人被擋住了視線，眼珠艱澀而緩慢地挪動了兩下，彷彿這麼一點動作都要將他壓垮一樣，過了三秒才慢吞吞地與林木對上了視線。

半晌，他露出了些許疑惑的神情，對林木說道：「你是半妖。」

他的聲音跟外表截然不同，雖然稍顯乾澀，卻是十分柔和，像是水鄉一樣柔軟的聲音。

林木下意識點了點頭。

那個妖怪於是問：「那你為什麼沒有死？」

他臉上是極為純粹的疑問。

「這個九尾狐要殺我，兩次。」

他抬手，慢吞吞地指了指晏玄景，神情更為迷惑。

「你這麼弱的半妖，為什麼沒有死？」

你為什麼沒有死？

這是什麼問題？

林木愣了好一會，試圖理解對方的思路——基於他對這個妖怪幾乎毫無所知的事實，即便經歷過晏玄景的洗禮了，林木也覺得很難。

「為什麼我要死？」他問。

那個妖怪眼睛一眨也不眨地盯著林木，理所當然地答道：「因為你是半妖，而且弱。」

林木一呆：「？」

這是什麼邏輯。

這個妖怪的思維竟比晏玄景還難懂。

林木跟那個妖怪大眼瞪小眼半晌，始終沒能明白對方的思路到底是怎麼回事。

如果可以的話，林木不太想花費精力去跟陌生妖怪討論這個問題，但對方幫助了譚老師，救了他一命，這就該另當別論了。

林木抱著不知為何一直沒有講話的牛奶糖，想了想，乾脆坐在了那個妖怪旁邊的長椅上。

他們隔得很近，林木看那個妖怪並沒有因為他的靠近而變得緊繃，反而漸漸放鬆了。

他想起牛奶糖剛才說這個好心的妖怪需要帝休力量安撫的話。

林木偏頭看了一眼急診室，心想反正閒著也是閒著，於是擺出了促膝長談的態度，問道：「我是林木，你叫什麼名字？」

這本來應該是個很簡單的問題才對。

但林木發覺對方卻被這個問題問倒了。

他臉上顯出幾分呆怔來，雙眼明明還看著林木，卻像已經出了神，思緒向著極遠的地方飄去了。

過了約莫兩分鐘，大概是想起了什麼，他緩緩回過神來，張了張乾澀的嘴唇，啞著聲音，帶著些疑惑，不確定地說道：「……聶深？」

林木對他這個不確定感到有些驚訝。

「記不清。」他這樣說道，眼球有些不受控制地微微顫動著，似乎連思緒都不大連貫，結結巴巴地發出了幾聲短促的音節，在林木的注視下一點點平緩下來，最終說道：「太久了。」

林木看著他這副混亂茫然的模樣，決定不去細究這個問題。

「好，聶深，你說晏……你說九尾狐要殺你，兩次？」

聶深垂下眼，看向了扒在林木口袋邊緣的小小隻九尾狐，對方正一點點地打量他，似乎在考慮著什麼。

牛奶糖跟聶深對視兩秒，終於開了口，對林木說道：「他是那個從大荒出來的妖怪。」

林木一頓，渾身緊繃起來。

「正如你先前所猜測的那樣，他是蜃的孩子，是那個半妖。」

晏玄景說完，像是失去了興趣一般收回視線。

他比林木知道的要多很多，看著聶深的這個狀態，幾乎馬上就明白這半妖的經歷跟他的猜測基本上八九不離十。

他並非沒有同情憐憫之心，只不過擁有著和聶深相似經歷的妖怪和半妖多到數不勝數，聶深不過是其中一個罷了。

聶深慘，被他殺掉的那些妖怪就不慘了嗎？

萬物眾生於紅塵之中皆是苦海求渡，聶深還沒淹死在苦海中呢，那些已經死去的妖怪可是已經翻船了。

林木低頭看了看口袋裡的小牛奶糖，又抬眼看了看聶深。

聶深對於九尾狐的說法，微微點了點頭。

「……」林木倒吸一口涼氣。

他腦子裡瞬間冒出了千千萬萬個亂七八糟的想法。

林木深呼吸著，把牛奶糖從口袋裡拎出來，捧著，感覺掌心毛茸茸的一團源源不斷地傳來了暖洋洋的溫度。

過了許久，才終於在滿腦子的問題裡挑出了其中一個不那麼尖銳的，問道：

「你今天為什麼一直看我？」

聶深乾脆地答道：「半妖，沒有被九尾狐殺，好奇。」

林木聽他這麼說，半天都沒轉過彎來，「……為什麼半妖就要被九尾狐殺？」

聶深被林木這麼一問，露出了迷茫的神情。

他似乎不明白為什麼林木會這麼問，「他殺我。」

「……」林木終於明白了，他輕輕嘆了口氣，說道：「他殺……他找你麻煩，不是因為你是半妖，是因為你在大荒殺過太多生靈了。」

聶深聞言更加困惑了。

他搖了搖頭，理所當然地說道：「我比他們強。」

林木一咂舌。

他覺得大概能明白一些聶深的想法了。

聶深將所有一切的起因都歸結於「半妖」和「弱小」這兩個點上。

因為是半妖，而且弱小，所以就應該在強悍的存在面前死去。

因為那些死去的妖怪比他弱小，所以他可以肆意決定他們的生死。

按照叢林法則來講，這的確沒有什麼錯。

但對於擁有靈智、情感和羈絆的生靈來講，這樣太過於赤裸和隨意了。

很多事情並不是一個「我比你強」這麼簡單的理由就可以任意而為的。

林木對於聶深的經歷沒什麼認知，出於基本的人道主義關懷，他略一斟酌，說道：「弱者也好，半妖也好，也都是有生存權利的。」

聶深沒說話，也完全沒有聽懂林木這話的意思。

他甚至開始恍神。

林木的聲音微微提高了一些，「你不贊同這點的話，為什麼會救裡面那個人類呢？」

聶深收回思緒，有些奇怪地看了林木一眼，「他身上有你的氣息。」

林木一愣，「什麼？」

「你能讓我……」聶深慢吞吞地抬起手來，指了指自己的腦袋，「這裡，不吵，舒服，你有用。」

「而且，你是半妖。」聶深又補充道。

林木知道他說的是帝休的力量。

但聶深十分執著於半妖這一點讓他覺得不能理解。

「人類其實也很不錯的。」林木說道：「剛剛那個護理師小姐，她關心你的身體。」

「不需要。」聶深說道：「她幫不了我，沒有用。」

林木：「……」

關心和能不能幫上忙是兩回事。

林木看著聶深這副模樣，這句話到了嘴邊又嚥了回去。

壽命短暫的人類與人類之間都會有著截然不同的想法和隔閡，更別說是活了千八百年、生存環境和生活條件都截然不同的他們兩個了。

都說三年一個代溝，他跟聶深之間至少兩百六十多條溝，全畫出來都能跟花俏的波紋岩媲美了。

林木放棄了矯正他這個認知的想法，畢竟他也不知道自己的想法在大荒的大部分妖怪眼裡是不是傻子的行為。

牛奶糖不能算大部分。

林木乾脆放棄了之前的話題，直接道：「那我問你，你在大荒鬧那麼大是為了什麼？」

聶深聞言，微微歪了歪腦袋，說道：「我去找天帝，他不理我，有妖怪要殺我，我先殺他們。」

跟聶深說話實在有些費勁，但林木還是懂了聶深的意思。

他去找天帝，但天帝沒搭理他，又撞上了盯上他的妖怪，聶深就率先反殺了。

林木覺得這麼做沒什麼不對。

但事情的確很異常。

林木說道：「如果是這樣的話，並沒有波及這麼大範圍的必要。」

聶深聽他這麼說，竟然也贊同地點了點頭，然後說道：「但帝屋說，我這麼幹，可以把天帝鬧出來。」

林木：「？」

林木警覺，「你說誰？」

「帝屋。」

「誰？」

「帝屋。」

「……」林木瞪圓了眼。

被他捧在手心的牛奶糖顫了顫耳朵，卻沒有那麼驚訝。

「是帝屋留在他力量之中的怨氣。」晏玄景說道。

帝屋當時遭遇那麼慘烈的狀況，他本身又是個超級囂張狂妄的傢伙，怨氣根本不會輕到哪裡去。

他當時想著留得青山在不愁沒柴燒，所以把怨氣都塞進了取不取回來都無所謂的力量裡，把自己的神魂和本體清理得乾乾淨淨，那力量的怨氣會有多重多可怖幾乎都不用想。

再加上帝屋被分而鎮壓這麼多年，怨氣可不會隨著時間推移而消失，只會越來越重。

帝屋自己當時大概也是打著「老子不好過你們這幫渾蛋也休想安然無恙」的主意，他要是真的沒辦法把自己全部的東西找回來，那力量之中滋生的怨氣，也足夠讓那些分走了他力量的妖怪如坐針氈寢食難安。

晏玄景一直都知道帝屋的怨氣這個東西，因為他爹三不五時就要拿那些背叛朋友的妖怪如今有多焦頭爛額的事情來一波瘋狂嘲笑。

只不過聶深太能藏了。

以至於他們一直都沒有察覺到那股力量是屬於帝屋的，直到晏玄景到中原找老烏龜幫忙，加上中原裡的帝屋本尊也出來攪風攪雨了，他們才發覺蛛絲馬跡。

晏玄景沉吟了一陣，問道：「那你為什麼扔下了帝屋的力量？」

聶深不理他，只是注視著林木，彷彿之前那幾個小時還沒看夠一樣。

晏玄景臉色一沉。

林木揉了揉他的腦袋，抬眼看向聶深。

聶深這才慢吞吞地開了口，「鬧了這麼久天帝也不出來，他沒用，不要了。」

「……」林木覺得這非常合乎聶深的邏輯。

十分完美。

甚至有點想採訪一下帝屋的心情。

「那你來中原做什麼？」林木問。

「找天帝。」聶深說道：「聽說天帝比較重視中原。」

林木感覺心裡一顫，「……那你找天帝做什麼？」

聶深茫茫然了好一會，一時間竟然也想不起來自己到底是為什麼要找天帝了。

天帝是制定天地規則的神仙，相傳是混沌之初就已經誕生的存在。

說天帝就是法、就是規矩、就是這世間萬物運行的規則也不為過。

天帝是這天地間最為尊貴也最為古老的存在，幾乎沒有人知道天帝是什麼模樣。

聶深回憶了許久，終於露出幾分恍然來。

「我想問問他，是不是身為半妖就應該遭受這些。為什麼我現在殺死那些弱小的東西會被不相干的妖怪討伐，而當初我遭遇到這種事情的時候，卻從來沒有誰出頭討伐那些妖怪。」

這個想法在他很小很小的時候就萌芽了。

聶深隱約還記得，自己的記憶裡似乎曾經有過很溫柔的顏色，但再仔細去追尋，數百年的血腥氣便洶湧而上，將那點顏色洗刷得一乾二淨。

幼年每次傷痛瀕死的時候，他就總會想著為什麼。

他沒有能夠質問的對象，於是就質問天，質問地。

可是天地從來沒有回答他。

後來他成功殺死了一個襲擊他的妖怪，滿身是血的時候，他覺得天地回答他了。

天地說，力量強大的妖怪才有資格生存。

於是聶深努力強大起來，熟悉了血脈的力量，花費了數百年從疲於奔命的狀態抽身而出，他卻發現不對。

弱小的妖怪也可以活下來。

而半妖不論是強是弱，永遠都是被針對、被蹂躪的那一方。

大荒的半妖數量不多，聶深遇過一些，看著他們，無一例外全都慘死了。

強大並不是答案。

半妖本身的存在似乎就是個錯誤。

於是聶深將埋藏在記憶深處的問題重新挖了出來。

他知道了定下這世界規則的天帝。

聶深在大荒的崑崙虛尋不著天帝，帶著帝屋的力量血洗諸多城池，那個立於諸天之上的存在也沒有絲毫動容。

來到中原之後，聶深又發現了林木這個特例。

「就像你，你沒有死。這不應該。」聶深說道。

話題繞回了原點。

林木有滿肚子話想說。

他想說聶深以偏概全、想法太偏激、手段太過頭、弱者有弱者的生存方式、被牽連的無辜者何錯之有……

但他並沒有說。

因為他沒有過頻繁重傷瀕死的經歷，沒有在長達幾百年的時間每天都生活在朝不保夕的恐慌裡，更不知道大荒到底是什麼模樣。

他無法對聶深感同身受。

聶深也無法理解他。

人不可以以己度人。

站著說話畢竟不會腰疼，但會刺傷聽者的心。

林木沉思許久，摸出手機來，點開了老烏龜的號碼，決定通報。

第二十章

Public Office of
Non-human
Affairs

林木把牛奶糖放到椅子上顧著聶深，起身到一旁撥通了吳歸的電話。

聶深的目光緊跟著他，一眨也不眨。

晏玄景不痛快地皺了皺眉，一甩尾巴遮蔽了聶深的視線。

聶深頓了頓，垂下眼看著那隻九尾狐，目光凝滯，沉默了好一會，露出滿臉恍然，問道：「你不殺我？」

晏玄景打了個哈欠，「我幹嘛要殺你？」

聶深茫然了一會，「哦」了一聲，又看了看被晏玄景的術法遮蔽的前方，想起剛剛林木皺起眉來的樣子，又問：「我做錯什麼了嗎？」

「嗯？」晏玄景沒明白他這個問題是什麼意思。

聶深認真地問道：「我殺死那些弱小的妖怪，是錯的嗎？」

晏玄景本來不打算像林木那樣耐心跟他認真分析談心，不過思及急診室裡那位，他還是回答了這個問題。

九尾狐打了個哈欠，非常乾脆地說道：「沒有錯，你本身就比他們強。」

聶深於是抬手指了指剛剛林木消失的地方，說道：「可是他說，你要殺我是因為我殺得太多了。」

「一半一半吧，主要是因為你下手的地方不對。」晏玄景說道：「你殺氣沖天三不五時血洗屠城，一點都不能溝通的樣子，又都是往別家領地走，我們當然要動手。」

聶深一愣，有些不能理解。

晏玄景覺得跟聶深這種毫無常識的妖怪實在難以溝通。

大荒地域相當廣闊，廣闊到即便有零零星星數百個國度和城池，依舊還是有一大片無主之地。

這些無主之地是相當混亂的，生活在這裡的妖怪跟普通的動物沒有什麼區別。

晏玄景當初也是被扔進去兩百多年之後才爬出來的。

那裡的妖怪為了生存相互廝殺，四處都是血腥的痕跡。

在那種地方，走一步三個坑都是比較謙虛的說法了。

無主之地中，有一部分妖怪從廝殺裡崛起，要麼進入某個已經成形的大妖領土尋求庇佑或者踢館自己當老大；要麼就在廣闊無垠的無主之地中劃下一片屬於自己的領地，誰來挑戰就宰誰，殺到最後擁有一定的勢力了，就可以自立城池慢慢發展。

像聶深這種妖怪或者半妖實在不少，但像他這種沒有選擇自己占領某個城池或者是投入某個大妖怪麾下，反而選擇去質問天帝的，古往今來，就這一個。

某種意義上來說也算是開創先河了。

晏玄景思考了一下，覺得聶深之所以會是這種心態，可能是因為他曾經是被屢捧在手心牢牢守護著的孩子。

屢甚至沒有讓外界知道她有個半妖孩子。

結果屢沒了，聶深自己尚沒有自保之力，一朝從天堂掉下來，腦子轉不過彎來實在太正常了。

晏玄景覺得自己要不是打從有記憶起，就一直被爹娘反覆洗腦「以後你要去無主之地闖出一片天」所以早就有了心理準備，恐怕心態也好不到哪裡去。

不過運氣這種東西真的很難說。

人比人氣死人，所以真的不能比。

「你如果一直在無主之地閒晃，殺得再多我們也不會管你。或者你橫掃一大片，但是能夠溝通，而不是那副殺戮機器的樣子，我們也不會追殺你。」

晏玄景告訴他：「但你跟外界沒有任何溝通，跑到別人的領地去鬧事了，那就會被視作挑戰，當然會有妖怪來討伐你。」

講白了，他們能夠接受一個偏好殺戮的強者在自己家作妖，但不能接受一個只會殺戮的瘋子在自己家胡搞。

強者能招攬，招攬不了就打，贏了輸了各憑本事。

但瘋子不一樣，瘋子除了直接弄死沒有別的選擇。

只不過不在自己家裡胡搞的話，他們也不會去管。

就比如當時聶深在青丘國邊境晃了一圈，晏玄景跑過去跟他打了一架，雖然落敗了，但聶深的確因為他的阻攔而轉向了。

所以青丘國並沒有妖怪去追殺他，反而是在發覺了他的目的地之後，從國主到臣下全都看起了熱鬧。

可是那些直接被聶深打穿了的城池就不一定了。

畢竟能形成城池或者國家這種規模的妖怪聚居地，多少是有著一些規則存在的，同樣也有著一些感情和羈絆存在。

如果聶深是直接打爆了城池的守領，自己把最高的權力搶到手了，那還沒什麼。

但他幹的是屠城。

屠城就屠城吧，如果是直接掘地三尺斬草除根，那也不會有什麼。

問題是生活在城池裡的妖怪也有會外出的情況。

一回來發現親朋好友伴侶全死光了，這種情況就不是簡單的「我強我老大」能夠解決的問題了。

這不是公平不公平的問題。

這是聶深遮蔽了自己的耳目，不接觸一點外界資訊的問題。

哦，其中大概還有帝屋怨氣惹的禍。

帝屋的怨氣一直都被鎮壓著，聶深這個看起來就很傻的半妖能把它挖出來，恐怕自己當時的怨氣也不輕。

聶深偏了偏頭，感覺有些混亂。

他腦子裡「嗡嗡嗡」的，想法似乎很多，但又一個起頭都抓不出來。

晏玄景也不指望他能理得多清楚。

因為在他看來，聶深這種行為其實並不能算是錯誤的。

強者就是能決定弱者的生死，只不過他們選擇讓弱者存活在自己的眼皮底下，而聶深選擇了殺死他們。

就好像饜足的老虎可以選擇讓羊羔在自己的眼皮下吃草，同樣也可以選擇咬斷牠的脖子一樣。

只不過聶深這隻選擇咬斷羊羔脖子的老虎，被跟羊羔關係好的其他掠食動物盯上了而已。

這一切都是合乎邏輯的。

只不過立場不同，所以思考的方式和看法也不會相同罷了。

聶深茫然了一會，確定道：「所以我並沒有錯。」

晏玄景點了點頭，無所謂地說道：「你自己承擔結果就是了。」

林木那邊打完電話回來，剛一走近就聽到晏玄景這麼一句話，微微一怔，「聶深要承擔什麼後果？」

牛奶糖顫了顫耳朵，卻沒有回答這個問題。

按照本來的規矩，遇到聶深應該是就地格殺，但現在情況又不大一樣了。

於是他轉頭看向聶深，問：「你來中原是要找天帝？你準備怎麼找？」

剛剛跟九尾狐確認了自己的做法並沒有錯的聶深十分輕鬆地說道：「先屠個城，我聽說天帝很重視中……」

林木臉上的神情越來越僵硬。

晏玄景直接打斷了聶深的話，「他會被送回大荒。」

聶深：「？」

「中原的規則跟大荒不一樣。」晏玄景面無表情，一腳踩碎了一顆召喚他爹的玉石。

他對聶深的幻術還是感到有些棘手，但讓晏歸來的話就沒有問題了。

總不能他們找到了聶深，結果被聶深反手一個幻術擊敗，趁機跑了。

那多尷尬。

「你不能留在中原。」晏玄景說道。

聶深的眉頭微微一擰，「為什麼？」

因為中原出了什麼問題，別說大荒了，天庭和幽冥地府都會大地震。

不過晏玄景沒有告訴聶深。

用中原這邊的話來講，就是不能讓一個反社會分子知道如何才能毀滅世界。

在等晏歸過來的這段時間，晏玄景跳過了之前的話題，反問聶深：「你之前拿著帝屋力量的時候是怎麼回事？從來沒有聽說你跟別的妖怪有過什麼交流。」

聶深鬧出事情這麼長的時間裡，沒有跟任何一個妖怪有過互動。

他看起來宛如一個沉默的殺戮機器，行蹤不定，一出現就是一場腥風血雨。

本來他冒出來的時候還有不少大妖想要招攬這個天賦珍貴稀缺的妖怪，結果聶深從來沒以什麼正經的形象出現過。

不說話，不露臉，就只會攪風攪雨。

以至於那些想要招攬他的妖怪都收回了試探的目光，默認這是個瘋子了。

聶深迷惑道：「交流什麼？他們沒用。」

「……」好吧，這的確是個瘋子。

晏玄景不說話了。

林木把牛奶糖抱起來，「那你現在為什麼跟我們交流？」

「你有用。」聶深說道：「我現在感覺很好，從來沒這麼好過。」

也是。

林木想起聶深說他救譚老師，是因為譚老師身上有他的氣息。

林木深吸口氣，只覺得幸好聶深在鬧出事情之前發現了他的存在，也幸虧他是半個帝休，不然好好的和平盛世，轉頭就要綻開一朵朵可怖的血色。

林木低頭捏了捏牛奶糖的腳，問道：「那他回大荒的話，結果會是什麼？」

聶深皺起眉，「我不回大荒。」

林木和晏玄景轉頭看了他一眼。

晏玄景說道：「如果保持現在這個狀態的話，應該是會被某方收押觀察，然後被招攬。」

畢竟有這麼一個天賦特殊又強大的妖怪實在難得，到了他們這個等級，基本上沒有誰會去在意半妖不半妖的事了。

要知道連普通人類都能一腳踩死好幾個的影魅，都能修練成橫行大荒的大妖了，半妖又如何。

至於聶深的價值觀問題，就更無所謂了，妖怪的壽命那麼長，多的是時間慢慢磨。何況從本質來講，聶深的邏輯非常符合大荒。

——雖然他總是糾結於「半妖即原罪」這個問題，在晏玄景看來的確是有點傻。

半妖的死亡率遠高於普通妖怪這是再正常不過的事情了，這就跟有缺憾的人類嬰兒存活的可能遠遠低於普通嬰兒一樣，是同一個道理。

林木揉著牛奶糖的耳朵，問道：「他不會死是嗎？」

「以前的狀態會。」晏玄景說完，就看到林木微微鬆了口氣，不由一頓，看了看盯著林木目不轉睛的聶深，又看了看林木，不大愉快地問道：「你不想要他死？」

林木點了點頭，「一碼歸一碼，他在中原還沒來得及做什麼，而且他救了譚老師。」

晏玄景瞥了一眼林木，只覺得林木真是雙重標準得十分坦誠。

如果聶深已經在中原搞過屠殺或者沒救下裡面那位老人，林木肯定不是這個態度。

不過無所謂。

晏玄景覺得這很好。

林木也發覺了自己的雙重標準，不好意思地摸了摸鼻子。

聶深坐在他們旁邊，突然對晏玄景問道：「你為什麼會保護一個半妖？」

晏玄景甩了甩尾巴，對這個問題回答得相當大方，「因為我喜歡他。」

林木渾身一僵，驚愕地瞪大了眼。

「哦。」聶深點了點頭，神情平靜，慢吞吞地抬手摸了摸自己頭一次跳動得如此平和舒緩的心口，緩聲說道：「我好像也挺喜歡他的。」

晏玄景聞言，倏然抬起頭。

他盯著聶深，危險地瞇起了眼。

——這半妖，還是殺了算了。

晏歸扔下帝屋跑來的時候，看到的就是他小小一隻的兒子蹲在醫院走廊跟一個坐在椅子上的半妖對峙。

林木緊張地站在旁邊，想要講話又顧及這裡人來人往，滿臉欲言又止止言又欲不敢說啥，彷彿只要一沒有人他就能吶喊出聲。

晏歸依序看了一圈他們三個，覺得這個畫面實在是令人費解。

先不說他那個把面子看得極重的兒子現在為什麼一點偶像包袱都沒了，竟然變成了小時候那副毛茸茸特別可愛的樣子。

也不說他兒子為什麼會沉著臉對著一個半妖。

晏歸覺得最讓他在意的，還是那個跟他兒子對峙的半妖。

——說對峙也不是很恰當。

因為那個半妖一點都沒有把晏玄景的殺氣放在眼裡的樣子，只是自顧自地盯著林木。

不知道之前發生了什麼，但林木的神情看起來有些木然緊張，還有那麼一點點呆滯。

看起來像是傻住了。

晏歸：「……」

雖然不知道發生了什麼，但晏歸覺得多半是自家兒子又做了什麼舉動。

他自己的兒子他還是非常瞭解的。

晏歸唏噓地藏在旁邊，也不露臉，就看著晏玄景的氣息越來越危險，終於到了臨界點，讓那個半妖轉過了頭。

「你要殺我？」

聶深覺得自己這一輩子，除了幼時問天問地的時候之外，從來沒像今天這麼疑惑過。

這些妖怪真是囉嗦麻煩又沒用，他想。

還是同為半妖又很有用的林木好。

晏玄景一張毛茸茸的狐狸臉上面無表情，「來打一架。」

聶深感到奇怪地看了他一眼，拒絕，「我打不過你。」

「……」這個理由太過於實誠直白，以至於晏玄景、林木和旁觀的晏歸滿腦子都是刪節號。

見晏玄景不說話了，於是聶深收回視線，重新看向林木，開始考慮把林木帶走的可能性。

考慮。

意識到自己在思考什麼之後，聶深又有點恍神。

他好像很久很久沒有過「思考」這種行為了。

這幾百年，除了依賴本能求生存以外，他幾乎沒有空閒去想別的東西。到後來習慣了那樣的日子，就更加不會去思索什麼事情，一腔熱血都在變強與廝殺上。之後等到他僥倖地從無主之地碰運氣走出去，看到的一切又有悖於他的認知，開始重新啟動艱澀的神智思考時，腦子卻只剩下了一些亂七八糟紛亂不堪的聲音和畫面。

他不記得那些死在他手下的妖怪是什麼模樣，但閉上眼時總能看到一些零碎的畫面和尖酸刻薄的詛咒。

這是每一個妖怪都要承受消化的東西，只不過聶深當時並不知道，他只知道每次想要靜下心來想一想事情，就會被血淋淋的畫面和聲音包圍，對他而言並不可怖，但實在很吵。

他索性就不去思考了，只謹記自己的疑惑和目的，便直直向著目標出發。對他有用的東西就撿起來用，沒用的東西就扔掉，擋路的都宰了，不給其他妖怪留下哪怕一個眼神。

這麼多年下來，真正靜下心來，能讓他開始思考、表達出自己疑惑的，林木是頭一個。

大概是什麼特殊的血脈。

聶深想道。

越是特殊他就越是想要。

誰知道過了這個村還有沒有這間店，這種安寧平緩——甚至帶著些愉快的感覺實在是太過於美妙了，聶深欲罷不能。

他看得出來，林木被九尾狐劃進保護網裡。

想要帶走林木並不是什麼簡單的事情。

在失去了帝屋力量的如今，聶深很清楚自己打不過晏玄景。

但打不過歸打不過，逃跑還是沒問題的。

聶深從對林木的注意力中分出一絲來，看了看林木的守護者，指尖微微抽動一下，化作幾絲縹緲的霧氣纏上了林木的手腕，剛準備割斷他手腕上戴著的手繩，就感覺周圍的空間驟然一沉。

那點霧氣像是老鼠見到貓一樣迅速縮了回來。

聶深察覺到危險，立刻霧化了身體，瞬間消散在虛空之中。

林木一驚，心裡什麼想法都沒了，猛地轉頭看向了牛奶糖。

牛奶糖蹲在地上，慢條斯理地站起來，抖了抖毛，甚至還伸了個懶腰。

林木看著小小隻的狐狸翹著屁股瞇著眼伸懶腰的樣子，感覺自己瞬間就要被狐色迷惑。

都什麼時候了你還有心情賣萌！

這可是開口就說要屠城的妖怪！跑了會出大事的！

林木十分著急，「聶深跑了！」

小狐狸點了點頭，邁著小短腿慢吞吞地跑出走廊，下了樓。

林木在急診室外面等，急得團團轉。

他不明白本來還聊得好好的聶深，怎麼突然間就跑了——老烏龜他們還沒來，這次跑了，在鬧出事情來之前也不知道還能不能找到他。

在林木著急的時候，急診室的門開了，譚老師被推了出來。

林木抬眼看向醫生。

「家屬嗎？」醫生問道。

林木搖搖頭，「學生，譚老師的家屬正從外地趕回來。」

醫生點了點頭，見林木這麼著急又是頭一個趕來幫忙處理的學生，對林木的態度相當和緩。

但他十分忙碌，粗略交代了一些注意事項之後，就把事情都交給了護理師，由護理師帶著林木和老人去病房了。

林木猶豫了一下，思及譚老師人脈廣闊桃李遍及天下，他住院肯定會有很多人來探望，如果住普通病房的話會打擾到別的病人，於是還是選擇了單人套房。

老人脫離了危險，現在躺在床上，臉色看起來有點不太好。

護理師耐心地說了一堆注意事項，哪些是能夠自行處理、哪些是需要緊急按呼叫鈴的，實在不行可以請專業看護之類的。

林木一一記下，收拾東西的動作倒是相當俐落。

護理師微微愣了愣，誇道：「小伙子不錯啊。」

林木笑了笑，「以前在醫院待過一段時間，所以比較熟悉。」

護理師點了點頭，也不多問，把病人現在的狀況記錄好之後就夾好病歷出去了。

林木把病房稍微整理了一下，坐在了病床邊。

他看了看躺在病床上的老教授，聞著醫院的消毒水味，抿了抿唇。

林木並不喜歡醫院，這個地方給他的盡是糟糕的回憶。

他還記得媽媽也是躺在這種白床上慢慢停止呼吸的。

林木坐在病床邊發了一會呆，想起護理師小姐說可以跟病人講講話，於是思來想去，決定把自己之前埋頭整理資料時看到的那些妖魔鬼怪的故事講給老教授聽。

林木一連講了好幾個，講著講著講到了九尾狐，然後就戛然而止。

他想起剛剛晏玄景說喜歡他的事情。

「現在好像不是應該想這種事情的時候……」林木小聲嘟噥。

不過現在想來，聶深雖然跑了，但看牛奶糖剛剛那副悠閒的樣子，應該胸有成竹。

林木想著想著，覺得十分愁苦，「我也不知道應該怎麼開口問他。」

其實要問也很簡單，直接問「你是不是喜歡我」就可以了。

但誰知道以晏玄景的思路又會歪到哪裡去。

這可是隻連親吻額頭這種親密的事情都能做得理直氣壯的狐狸精。

而且晏歸和帝屋曾經口出狂言，說過「人人都愛帝休」、「沒有任何一個生靈可以拒絕帝休」這種話。

林木幽幽嘆了口氣，覺得承受了自己這個年紀不該有的壓力。

明明他的年齡放在妖怪裡還是個寶寶。

他這麼一個寶寶，為什麼要思考這種「我愛的人他愛不愛我」、「他說的喜歡是哪種喜歡」和「他到底是喜歡我的血脈還是我的人」這種成年人的問題。

比起這種成年人的問題，林木覺得自己明明更適合思考「明天早飯吃什麼午飯吃什麼晚飯又吃什麼」這樣的問題。

林木看著老教授的臉色，摸出手機來向他家人報了平安，開始跟老教授講起了青丘國上上一任國主的桃色歷史。

人類的本質就是八卦。

說不定聽到八卦，譚老師馬上就會興起睜開眼，像以前一樣跟他閒話家常。

林木這邊正一個人講故事講得起勁，那邊晏歸左手拎著自家小孩，右手拿著顆小圓球，小圓球裡裝著一片翻騰的霧靄。

他逮住了那個半妖，又抓著自家兒子，聽聞林木現在抽不開身之後，思來想去，轉頭通知了老烏龜，帶著這兩隻去了公所辦事處。

吳歸回來的速度跟他的本體一點都不相符，在晏歸到達的時候，吳歸已經在辦公室嚴陣以待了。

有晏歸在旁，吳歸準備的囚禁道具也用不上。

晏歸把兒子放到桌上，乾脆地捏碎了手裡的球，在那翻騰的霧靄試圖逃離的瞬間，抬手一壓，直接把聶深壓了出來，把他栓在椅子上。

「晏玄景說你現在是可以溝通的，乖一點。」晏歸說道：「不然我們只能把你就地擊斃了。」

聶深聞言，安靜了下來。

晏玄景轉頭看了他一眼，眉頭微微皺了皺。

遠離了林木之後，這個半妖又變回了他們一開始見面的模樣。

陰沉沉的，雙目無光，眉頭緊緊皺著，混亂而扭曲的模樣，與世界格格不入。

但也的確是可以溝通的，只是聶深本人並不怎麼樂意。

晏歸見過挺多這種刺蝟型妖怪，湊到一旁跟自家兒子嘀嘀咕咕地討論之後，就毫無形象地癱在椅子上等著，等到人類和吳歸走完流程做好筆錄的時候，天都已經亮了。

按照規矩，這種大荒跑出來作亂的妖怪，人類這方抓到了就交給人類處置，妖怪這方抓住了就交給妖怪處置。

聶深在中原還沒來得及作亂，抓住他的又是大荒頗有地位的晏歸，在得到九尾狐的保證之後，他們就相當乾脆地放人了。

只不過聶深被他們打上了標記還下了些禁咒，只要他還在中原，行蹤就完全暴露在監視之下，並且在被判斷可能對中原造成威脅的時候，禁咒會直接對他產生傷害。

大荒退一步接受了這種做法，中原也讓步不會要求一定要把作惡的妖怪處死。

這算是大荒和中原的默契。

晏歸拉著一隻兒子，帶著一個半妖，跑到了林木家的院門外。

想要藏著小院子的晏玄景瞬間氣炸了，反手給了他爹一掌。

晏歸伸手拍了拍自家兒子的腦袋，把他按住，說道：「學著點。」

他話音剛落，轉頭看向聶深，一揮手撤去了幾層遮蔽的幻術，看著兩眼瞬間亮起來，目不轉睛地盯著院子裡那棵蒼青色大樹的聶深，說道：「看到那棵帝休了沒？」

聶深不理他，一眨也不眨地看著那棵樹。

晏歸問：「你喜歡林小木，那帝休你也喜歡吧？」

「……」聶深轉頭看了他一眼，遲疑了一瞬，點了點頭。

「嘿嘿。」晏歸一咧嘴，高興地說道：「喜歡你也碰不到！」

聶深：「……」

晏玄景：「……」

……你他媽？

晏歸指著院子周圍那一圈星星點點的白色小花，大概是最近又燒了幾個不長眼的東西，花開得越來越多了。

「你根本進不去，氣不氣？」

聶深：「……」

晏玄景：「……」

「想進去嗎？」晏歸問。

聶深十分耿直，點了點頭。

「那好，你先去做善事。」

晏歸說著，從自己的小倉庫摸出來一顆帝休果，在聶深面前晃了晃，「你能堅持十年，我就找帝休分一根枝條給你，之後每十年一枝，你能堅持兩百年，我就把這顆果子給你，讓你有個新的開始。」

「你做不做？」

晏歸笑咪咪地問道。

聶深毫不猶豫地答應了。

晏歸拍了拍他的肩，然後把兒子從自己的衣袋裡拎出來，得意地瘋狂搓揉了一番，「看到沒？你還有得學呢。」

晏玄景從他手裡掙扎出來，跳到地上，不服氣又不得不服氣地看著晏歸，半晌說不出點什麼來。

晏歸也知道他兒子氣性高，但更清楚晏玄景並不是高傲，該學的他還是會學，只不過這麼多年來靠拳頭說話，一時很難轉得過彎來。

晏歸倒也不急，他正值壯年，距離正式退位還早得很，兒子才五百歲，剛邁入成年，慢慢教就好。

比起讓晏玄景學一學身為一隻狐狸該有的頭腦和本事，他更加關注兒子的感情問題。

聶深在一旁小心試探著能不能往前走，搞得院子裡的朝暮燒成熊熊大火，綠色的火光一叢一叢往外冒。

晏歸也不管他，索性一屁股坐在兒子面前，搓搓手，問他：「你跟林木怎麼樣？」

晏玄景看看他，「什麼？」

晏歸張嘴就直說：「我跟你娘一見鍾情二見傾心三見死心塌地四見直奔床第……」

晏玄景面無表情，「你明明被爆打了四百年才追到娘。」

晏歸：「……」

算了。

這兒子還不如一塊叉燒。

晏歸神情平靜地爬起來，撇下拒絕跟他交流經驗的兒子，轉頭略過聶深往院子去了。

有晏歸在，晏玄景也不擔心聶深會跑。在晏歸走進院子之後，他也轉頭跑回了醫院。

林木在床邊陪了一整晚。

單人病房的待遇還算不錯，病房裡甚至有個小書櫃，上面放著一些書籍和當日的報紙。

書籍大多是一些醫療和幽默題材的繪本，林木略過了那些，把報紙抽了出來。

林木已經很久不在意這些了，但陪病實在是件無聊的事，尤其老人剛脫離危險，還處在需要觀察的時候，保險起見最好不要睡覺。

林木看了一眼地方新聞，看完社會版往後一翻，財經版第一面就是綠林地產集團內部大地震，股價暴跌的新聞。

綠林地產是林木外公的公司。

他多少能猜到這中間發生了什麼事，他知道兩個舅舅和外公鬧翻的事，他們哪怕是吃虧退讓也要分家，但董事會依舊有兩個舅舅的位置。

林老爺子被兩個兒子氣成這樣，肯定會打起來。

幾個大股東打起來，集團經營很難一點紕漏都沒有。

林木掃了一眼版頭的照片，發現印象裡年紀一大把了也依舊意氣風發的林老爺子變得蒼老許多。

也不知道是時隔好幾年的原因，還是最近的事情讓他變成這樣了。

不過這跟他有什麼關係呢？

林木慢吞吞翻過了這一面，興致勃勃地看起了娛樂八卦。

凌晨三點鐘的時候，老人終於醒了過來。

病房點著一盞暖黃色的小夜燈，林木如今並不需要多明亮的光線也能夠清楚看見東西。

「譚老師您醒啦！先躺好別起來，我叫一下值班護理師。」林木連忙收好了報紙湊過去，按照護理師之前的指示讓老人保持平躺，然後按了鈴。

老人似乎還有些沒回過神來，林木幫他按摩著腿腳，一邊嘀嘀咕咕地解釋怎麼回事。

「以後要好好注意身體啦，還要記得吃藥，保持好心情。」林木嘮嘮叨叨地說著，等到護理師來了，才又坐回一旁。

他看著躺在病床上的老人，發了好一會愣，然後慢吞吞地收回了視線。

這就是普通人類。

在日漸枯槁的生命之前，一切掙扎都是徒勞無功。

林木想起媽媽，她走前，在病床上彷彿一朵燃盡了生命孤獨凋零的花。

但即便是這樣，媽媽每次讓他拍照的時候都是笑著的。

林木縮在椅子上，看著小聲跟老人對話來確認意識清醒程度的護理師，覺得人類跟妖怪在一起，恐怕人類本身也要下極大的決心。

誰能受得了自己年紀大了、老去的時候，跟愛人相攜出門，被人充滿善意地誇讚說「您的孩子、孫子真孝順」這種話。

林木記得媽媽最後的那段時間，也經常說一些他不懂的話。比如——「現在就結束好像也不錯，不用變成老太太了」這種話。

林木當時覺得媽媽是不想變老，現在想來，似乎還有另外一些意思。

人類跟妖怪，大概只有相遇的時候是最美的。

就像是花期正盛、迎風而立肆意綻放的嬌妍鮮花，那之後，兩方就在逐漸邁向枯萎的深淵。

這樣的故事聽起來充滿了遺憾和悲傷的浪漫，說不上哪裡好，但也說不上哪裡不好。

護理師小姐抬起頭來，對林木說道：「意識已經恢復了，目前各項數值也正常，不過還要住院觀察幾天……」

林木回過神，眨了眨眼，緩緩地點了點頭，把這些話都記了下來。

護理師小姐看林木這麼年輕的樣子，忍不住多叮囑道：「老人上了年紀都是這樣，家人以後要好好注意，有什麼病痛及時送醫。」

林木乖乖點了點頭，「好。」

到了凌晨五點的時候，譚老師的家人急匆匆地趕了過來，對林木連連道謝。

林木把自己記下的注意事項筆記交給了他們。

譚老師年紀大，哪怕是女兒也已經是林木的長輩了。

林木輕聲說道：「這是注意事項，我一直都在這邊，工作很輕鬆，如果您忙不過來的話，我可以幫忙照護。」

譚老師的家人幾乎都認識林木，大概是因為逢年過節就跑去探望順便送禮，一送就是好幾年的人，有且只有林木一個。

這大概也是譚老師總是願意幫忙照顧林木的原因。

知恩圖報的好孩子誰不願意多照顧一些呢？

他們揉了幾把林木的腦袋，直說「好好好」，把之前林木墊付的錢都還了之後，又多給了幾千塊當紅包。

林木把錢退回去，腳底抹油跑出了病房。

他往醫院外走，低頭看著自己的雙手。

這雙手上長著老繭，其實並不好看，因為需要做很多事，所以從小就粗糙。

但現在再看，不知不覺間老繭已經褪去很多了，就連稍顯粗大的指節也一點點變得好看起來。

他的身體在悄然改變，據晏玄景所說，只要不是被特殊的妖力傷到，以妖怪的恢復能力來講，很難有傷口留在身上。

哪怕是半妖也是如此。

林木翻看了一下自己的手掌，發覺向來皮粗肉厚的自己如今手腕竟然也白到看得清皮膚底下的青紫色筋脈了。

平時沒注意，現在才發覺變化竟然這麼明顯。

等林木抬起頭來時，他在醫院門口看到了晏玄景。

凌晨五點多的天微微亮，醫院門口亮著燈，在霧濛濛的清晨像是給空氣蒙上了一層光的柔紗。

他站在人群裡高高的，穿著一身與周圍格格不入的玄色古服，極為顯眼。

但他周圍人來人往，沒有誰注意到那裡有一個人。

林木欣賞了兩秒，晏玄景便抬眼看過來。

四目相對。

林木揉了揉臉，快步走過去，發覺晏玄景身上有些涼意。

林木一怔，「你等很久了？」

「沒有。」晏玄景搖了搖頭，隨意帶過了這個話題，反問道：「回家？」

「等一下。」林木轉頭去早餐店買了一些清淡的粥食，「我去送個早餐給譚老師。」

晏玄景無所謂地點點頭，林木送完早餐回來，發現晏玄景站在人群中，依舊是那個姿勢，一動也不動。

凌晨的風帶著些涼意，林木雙手插進口袋裡，突然覺得自己無比幸運。

比聶深幸運。

比媽媽幸運。

比疲於奔命的人幸運。

比時過境遷孑然一身的妖怪幸運。

他不是普通人類。

他有一對愛他的父母。

他健康地長大。

他擁有了關心他的長輩和友人。

還有了喜歡的對象。

林木小步蹦跳著到了晏玄景面前，微微仰頭跟這隻九尾狐對上了視線。

他兩眼亮晶晶的，帶著躍動的快活和欣喜。

晏玄景不明白林木去送個早餐怎麼就突然這麼開心了。

他微微偏過身，往前走，順口問道：「狀況很好？」

林木幾步跟上他，並肩而行，答道：「還行吧，老人家嘛，也沒辦法。」

晏玄景點了點頭，問：「想怎麼回去？」

「狐狸計程車。」林木答道。

晏玄景：「……」

九尾狐仗著自己能瞞過普通人類的耳目，在人來人往的街道上變回了原形。

林木仰頭看著大狐狸晏玄景，剛準備伸手摸摸毛，就被晏玄景叼著衣領，甩到了背上，轉瞬騰空而起。

林木趴在狐狸毛茸茸的背上打了個滾，爬起來往前挪了挪，小心地挪到了晏玄景頭頂的兩隻耳朵中間，趴著，看著前方迅速後退的景象，半晌，小聲問道：「牛奶……晏玄景，你說喜歡我，是什麼意思啊？」

九尾狐腳步不停，不甚在意地應了一聲，「什麼？」

「就是……」林木深吸口氣，大聲說道：「你之前跟聶深說你喜歡我啊！」

晏玄景被聲音震得顫了顫耳朵，「對。」

林木揪緊了手底下的毛，「你喜歡我？」

「嗯。」晏玄景應了一聲，看了一眼漸漸接近的小院子，開始降落。

「『嗯』是什麼意思？」林木問道。

晏玄景落到地上，變回人形，對林木的問題有些不解，但還是答道：「喜歡你的意思。」

「……」林木張了張嘴，並不放心，又問道：「哪種喜歡？」

晏玄景更不解了。

他注視著林木，半晌，露出了恍然的神情，抬手捧住林木的臉，微微俯身，在他唇上親了一下。

林木茫茫然地看著晏玄景。

唇上還殘留著溫熱綿軟的觸感，慢慢離開他雙頰的手掌大而溫暖，輕輕擦過唇瓣的感覺顯得異常清晰微妙。

思緒像是被那雙手攪成了一團，有蝴蝶拍打著翅膀輕柔地落在淌著蜜的心上。微癢，酸脹。

林木過了半晌才回過神來，下意識地抿了抿唇，目光擦過晏玄景形狀堪稱完美的薄唇，腦子還混混沌沌不知所以，視線一轉就看到了院子外緣伸長了脖子看著他的五顆腦袋。

…………

……

羞恥感倏然鋪天蓋地洶湧而來。

林木漲紅了臉，耳尖紅得像是要滴出血來，一陣風似地衝進了屋子，「喀噠」一下鎖上大門。殺進房間之後又匆匆忙忙關上了窗戶，窗簾一拉往被子裡一滾，捂著自己亂跳的心臟，一抬眼就跟秦川那對金黃色圓溜溜的龍眼對上了視線。

告非！！

林木嚇得一跳，掀開被子打開床頭燈。

林木捂著自己的心口，已經完全分不出是被嚇到還是害羞造成的了。

他甚至還沒來得及好好思考回味一下剛剛晏玄景的那個親親！

林木氣死了。

他把秦川從床鋪上抓起來，甩了甩這條鹹魚似的龍，「你怎麼在我的被窩裡啊！！」

秦川被他抓著尾巴，倒著看林木，半晌，幽幽地說道：「我好羨慕啊。」

林木：「……」

「我也想要親親。」秦川酸溜溜地說道：「沒有人親我。」

林木：「……」

秦川唉聲嘆氣。

林木揪著這隻酸溜溜的龍脈，左右看看，把床頭櫃上的毛氈小狐狸貼在秦川臉上親了一下。

秦川滿臉震驚，「……」

林木面無表情，「滿意嗎？」

秦川一甩尾巴從林木手上掙扎出來，把毛氈小狐狸扔到了床上，說道：「這種時候你不是應該打電話給帝屋嗎？」

林木把小狐狸撿回來，放到床頭櫃的小床上，「要打你自己打。」

「我沒有他的電話號碼！」

「那就是他不想給你。」林木冷酷無情。

帝屋千叮嚀萬囑咐要他別讓秦川知道他的電話號碼，原因是秦川知道的話他就永無寧日。

一天二十四小時恐怕有二十五個小時都得應付秦川的電話。

「玩飛盤嗎？」

「不玩！」

「那跳棋？」

「不玩！」

「飛行棋？」

「不玩！」

「……」

「我要帝屋！」

秦川在床上打滾耍賴。

林木面無表情地看著秦川縮小成細細一條，從床上這頭滾到那頭那頭滾到這頭，十分冷靜地從抽屜裡拿出一副撲克牌，往床上一坐。

他的內心毫無波動，甚至想把秦川吊起來打一頓。

「來抽鬼牌。」林木說道：「如果你贏了，我就幫你打電話給帝屋。」

秦川垂死病中驚坐起，一個猛跳蹦了起來，火速變回人形，盤腿往床上一坐，捲起了袖子，「來來來！」

林木看著秦川，一邊洗牌一邊感慨著這小笨蛋真是名不虛傳。

真的是對自己的運氣沒有一點自知之明。

抽鬼牌是你這種倒楣鬼有資格玩的遊戲嗎！

林木洗好了牌，往床中間一放，冷哼一聲，「來吧！」

晏玄景被林木扔在院子，愣了好一會，才順著林木剛剛的目光偏過頭去，看向站在院子外緣的幾個妖怪。

帝休面前飄著一本書，他的前方是四個小蘿蔔頭排排坐，最遠處的是在一張小矮凳上坐得筆直的聶深。

除了聶深之外，帝休和四個小妖怪都伸著腦袋，眼睛一眨也不眨地看著他。

只不過林人參他們是滿臉震驚，而帝休則是微微皺著眉打量著他，帶著點些微的疑惑。

帝休的確是十分疑惑，因為他發現這兩個後輩身上沒有一點情欲的氣息——明明出去了一整晚，晏歸跟他說明情況之後都走了好幾個小時了。

在院子親吻明明已經是很親密的行為了，但怎麼就……

帝休懷疑的目光在晏玄景身上轉來轉去。

這小狐狸……該不會是不行吧。

晏玄景隱約感覺帝休的目光意思不大對，他垂眼看了看自己，卻也不知道有什麼不對。

他轉頭看了一眼大門緊閉的屋子，也沒有現在就進屋去讓林木害羞至死的打算，而是邁步走向了帝休。

聶深被晏歸扔在這邊，晏玄景不覺得多意外。

他甚至還能猜到晏歸把聶深留在這裡是準備把他安排到哪裡去。

十有八九是林木現在待的那間公所，而且還得跟著林木一起辦公——晏玄景又不蠢，晏歸把聶深留在帝休身邊，擺明就是因為只有待在帝休身邊的時候，聶深才能保持清醒。

小人參作為愛林木人士對牛奶糖發出了強烈譴責，「牛奶糖你……你怎麼又占林木便宜！」

晏玄景腳步一頓，偏頭看向那個小嬰兒，說道：「這不是占便宜。」

「親親怎麼就不是占便宜了！」小人參直跺腳，「你上次都弄哭林木了，你又占他便宜！」

被提起黑歷史的晏玄景沉默了兩秒，說道：「這次他沒哭。」

小人參一愣。

對哦。

林木這次沒哭。

雖然還是衝進了屋子，但好像是害羞的樣子。

「那……那你們兩個是……」小人參舉起自己的小胖手，神祕兮兮地比了個小拇指，「是這個？」

晏玄景把他的小手指按回去，「粗鄙之舉。」

「我看電視劇學的。」小人參嘛著嘴嘀咕，又問道：「那你們倆是不是這個呀？」

晏玄景沒有一點不好意思，非常乾脆地點了點頭。

小人參童言童語地叮囑，「那你要對林木好，不能再讓他哭了，生氣也不行。林木那麼好，你不能不對他好。」

說完，他又期期艾艾地扯了扯晏玄景的衣襬，小心翼翼地問：「那你們什麼時候會有寶寶呀？有寶寶的話還要我嗎？」

他緊張地抓著自己的小肚兜，小小聲說道：「我很有用的，我可以照顧寶寶，可以做飯給寶寶吃，我可不可以一直跟著你們呀？」

晏玄景看著都沒他腰高、危機感卻極其強烈的小妖怪，紆尊降貴地揉了一把他的腦袋。

「不會有。」他說道。

小人參一愣，「嘿嘿」笑了兩聲，放開手重新坐回小板凳上，又高興了起來。

帝休在一邊笑咪咪地看著他們。

晏玄景看了一眼帝休手裡拿著的書。

小學一年級生活課本。

帝休順著他的目光把書舉到他面前，說道：「我在木木的書櫃找到的，正好用來教一教聶深。」

這書看起來有些年頭了，不過被保存得很好，連邊角都沒有折痕。

晏玄景掃了一眼被舉到他面前的封面，一眼就看到了上面寫得歪歪扭扭的「林木」兩個字。

看起來應該是剛學會寫字的時候寫上去的，透著一股生澀和拘謹，看起來相當可愛。

「很可愛吧？」帝休虛虛地輕撫著手裡的書，神情十分柔和，「這裡面還有他媽媽寫的一些小故事。」

帝休這幾天在家沒事就翻翻書櫃，竟然真的被他翻出了一些東西。

這些林木小學時用的舊課本就是其中之一。

帝休在上面捕捉到了零星娟秀的字體，是跟年紀還小的林木那一手歪歪扭扭的狗爬字截然不同的成熟。

那字帝休認識，是林雪霽的字。

林雪霽念舊，愛拍照，總是說這些物品和照片都是時光的紀念，什麼東西都捨不得丟，最後全都堆在家，搞得這麼大的房子依舊顯得有些擁擠。

林木以前還會嘮叨著要扔掉一些騰點空間出來，但林雪霽走後，他什麼都沒丟，反而像媽媽一樣，把東西都留了下來，還不斷囤積新的。

也正是因此，帝休才有機會找到這些被時光遺落下來的驚喜。

在他出事之前，林雪霽有寫日記的習慣，不過帝休翻遍了家裡也沒有找到日記，想來應該是林雪霽怕不小心洩露祕密導致林木出事，所以乾脆銷毀掉了。

但即便如此，能夠找到這些細小的東西，也足以讓帝休感到高興了。

從這些小東西裡，他可以看到那些他未曾參與的時光。

帝休很滿足。

晏玄景看了看帝休的神情，不知道這種時候他應該說些什麼才能活絡氣氛。

他還在思考的時候，帝休卻率先趕人，「你去找木木吧，我們在外面上一下課。」

「上課？」晏玄景微怔，看了看排排坐的四個小妖怪，又看了看坐在四個小妖怪旁的聶深，提醒道：「中原的規則並不適合大荒。」

「可是他現在身在中原。」帝休說著，做了個驅趕的手勢，「我心裡有數。」

晏玄景聽他這麼說了，也不再多言，轉頭走進了院子。

正門被林木反鎖了，雖然這種鎖根本攔不住晏玄景，但他還是沒有強行開鎖，而是繞到了後面的側門。

這個側門以前也有上鎖，但自從他作為牛奶糖來到這裡之後，就一直都留著沒鎖。

晏玄景推開側門進了屋，屋子裡靜悄悄的，也沒有開燈，只有外面的晨光從窗戶落進來，打出一道道光柱，染著微亮的光塵與淺淡細碎的初升日華，顯得幽靜而安寧。

晏玄景抬腳走上二樓，輕輕敲了敲林木的房門。

房間裡傳來一聲應答，接著就是「咚咚咚」的腳步聲。

晏玄景一頓。

這腳步聲不是林木。

他正這麼想著，房門就打開了，來開門的是小矮子秦川，他看起來生無可戀，好像被欺負得很慘。

晏玄景抬眼看向房內，發現林木已經把床上的摺疊小桌撐了起來，桌板上擺著一副大富翁，看起來正進行到一半，桌板下還散落著一大疊撲克牌，撲克牌上放著一盤飛行棋。

林木轉過頭來，直直跟晏玄景對上了視線，愣了兩秒，看了看被搞得亂七八糟的床，把大富翁往盒子裡一塞，一伸腿擋住桌板下的撲克牌和飛行棋，試圖當做沒有發生任何事。

晏玄景：「？」

我以為你在害羞。

結果你躲在房間跟秦川打牌下棋玩大富翁？

晏玄景站在門口看著林木慌張收拾東西的模樣，有那麼一瞬間懷疑起自己這張臉來。

第二十一章

林木有點心虛。

雖然一時之間也搞不太清楚自己為什麼心虛，但就是有點心虛。

他跟晏玄景對視了好一會，終於覺得自己這種掩耳盜鈴的行為挺傻的。

他收回了腳，把被他胡亂塞進盒子的大富翁重新取了出來。

他捧著大富翁和撲克牌，想了想，偏頭看向門口面無表情的晏玄景，問道：「牛奶糖，你要不要也一起玩？」

晏玄景：「？」

林木說道：「兩個人玩沒什麼意思啊，三個人可以玩的就多了。」

晏玄景：「……」

狐狸精萬萬沒想到，林木一大早把門窗緊閉連窗簾都拉上，竟然只是為了玩桌遊。

林木把撲克牌都撿回來，說道：「還可以把爸爸他們都叫來，我記得書房還有一副狼人殺和UNO……」

秦川一聽，兩眼一亮，轉頭就要往外走，「我覺得狼人殺比啥都適合我！我去叫帝……」

晏玄景一抬手，按住了試圖往外跑的秦川，乾脆邁步走進房間，說道：「他們在讀書。」

林木聞言，茫然，「什麼？」

晏玄景面無表情，「在念生活課本第一課。」

林木拉開窗簾，看了一眼離院子有一段距離的地方。聶深跟四個小妖怪排排坐，似乎說了什麼，竟然被帝休用書敲了一下頭，然後又虛虛地摸了摸被他敲到的地方，神情柔和地說著什麼。

帝休還沒有將本體都拿回來，拿回來了也沒有融合，現在依舊只是一道相對凝實的虛影，沒辦法離開自己的本體很遠。

他平時最大的樂趣就是看鬼片讀鬼故事欺負一下家裡的幾個小妖怪，但現在似乎找到了新的樂趣。

——教書育人。

林木盯著那邊看了好一會，覺得不對勁。

他爸爸這才不是教書育人，好像是在嘗試養兒子。

林木：「……」

那是我爸爸！我的！

林木微微睜大了眼，轉頭看向晏玄景，「聶深為什麼在這裡？」

「他被留下來，做兩百年善事贖罪。」晏玄景解釋道，他看了看爬上床坐著的秦川，也乾脆坐上了床，並告訴林木，「沒出意外的話，晏歸應該已經跟你的辦公室打好招呼了，以後你們會是同事。」

對於這一點，晏玄景還是很清楚的。

晏歸平時看起來靠不住的樣子，但認真辦起事情來，還是相當妥當圓滑，是真正的老狐狸。

林木看著坐在了他對面的晏玄景，有些疑惑，問道：「做善事就可以抹消他之前幹的那些事了嗎？那些被聶深殺死的妖怪，他們的仇怨又怎麼算？白死了嗎？」

晏玄景搖了搖頭，「做善事只能讓他不會因為殺孽失去理智而已，該有的因果還是會有。」

只是不瘋且實力強的話，惡報降臨時完全翻船的可能性會比較小，具體例子可以參考初見帝屋時，他那一身殺孽血煞跟功德分庭抗禮，保持著微妙的平衡。

至於死後結算的事情，那就更不在妖怪們的考慮範圍之內了。

因為他們死的時候根本不能確定自己還是不是完完整整的。

絕大多數妖怪完蛋的時候都是魂飛魄散，因為別的妖怪一點都不會浪費。

血肉吃掉，骨頭敲碎了帶走，就連魂魄都有不少以此為食的妖怪爭搶。

更別提還有許多妖怪會選擇在快死的時候碾滅自己的神魂，免得魂魄被仇家擄走折磨，萬劫不復。

他們基本上沒有轉世的機會，不過妖怪本身也不在意輪迴如何就是了，因為他們的壽命抵得上別的生靈輪迴數百甚至上萬次，與其死後下地府去清算罪孽受千萬年刑罰，不如在真的要死的時候直接選擇魂飛魄散一走了之。

從塵埃中來，便回到塵埃中去，走也要走得瀟灑一些。

大概是天性與整體環境就是如此，大荒的妖怪對別人狠，對自己也沒有溫和到哪裡去。

林木轉頭看向外面的帝休，帝休正神情溫和地一遍一遍說著什麼。

大概是從毫無一般常識的聶深身上找到了當新手父親的感覺。

誰叫他的兒子已經是相當懂事成熟的青年了呢。

林木感覺大概明白了剛剛秦川的感受，他酸溜溜地說道：「那是我爸爸。」

晏玄景聽林木這麼說，完全沒明白林木嫉妒的點在哪——畢竟他對晏歸從來沒有過這種感覺。

他只是點了點頭，帶著些不解。

林木瞥了他一眼，又重新看向外面的時候，正巧跟看過來的帝休對上了視線。

朝陽躍出了地平線，在被風吹過的麥浪尖端灑下細碎的蜜金。

帝休站在朝陽裡偏頭看過來，被勾勒出一圈亮金色的輪廓。他神情溫柔，帶著淺淡細微的笑意，像是覆蓋著一層淺薄的流光，使得周圍的樹木都變得絢爛起來。

林木愣愣地看了好一會，直到他爸爸抬手輕輕點了點自己的唇，然後做了個

「啾」的動作。

林木被爸爸這麼一提醒，猛地回了神，滿臉漲紅，一抬手拉上了窗簾。他剛轉過頭，又看到了晏玄景。

用晏歸的話來說，就是晏玄景這小狐狸偶像包袱重得很。

哪怕是在柔軟的床鋪上也坐得十分端正，臉上保持著那副平靜無波的樣子，發覺林木的動作，便偏頭看了過來。

「怎麼了？」他問道。

晏玄景的唇生得極好，九尾狐降生於世大概都是被天地精心雕琢打磨過，精雕細琢，每一部分都異常精緻，揉進同一具身體，卻又圓融完美，絲毫不顯突兀。

林木忍不住抬手摸了摸自己的嘴唇。

晏玄景看著他的動作，感覺好像明白了林木的意思。

他倒是一點也不在意旁邊正在洗牌並試圖作弊的秦川，乾脆直起身來，俯身越過了小桌板，一手握住了林木的手腕，直直親了上去，緊密相貼。

房間只亮著一盞橙黃色的床頭燈，稍顯昏暗，有朝陽小心翼翼地從窗簾縫隙間跑進來，帶著快活的丁點日華，在床角欣悅地滾動著。

兩道呼吸聲有些沉，袍角隨著細微的動作在小桌板上帶出些許響動，氣氛便驟然變得黏膩起來。

秦川抱著一副撲克牌，滿臉震驚地看著這兩個突然旁若無人開始親起來的傢伙，感覺自己被一堆糖迎面而來淹沒，不知所措。

醋龍氣憤地放下了手裡的撲克牌，剛想對這兩個一點都不知收斂的傢伙表示強烈譴責，就被晏玄景一巴掌蓋住了臉。

一股不動聲色的妖力壓下來，直接把秦川按回了原形，然後又像是滾筒洗衣機一樣被揉成一團，連龍帶撲克牌一起從門底下的貓門扔出了房間。

晏玄景幹完了這一切，彷彿沒發生任何事一樣用妖力封住了貓門，堵住了秦川在外面抓門的動靜。

「晏玄景！！」

你娘的！

我記仇了！

秦川氣得跳腳。

狐狸精對秦川的記仇不為所動，他微微往後退了退，跟被親成一灘軟泥的林木額頭相抵，靜靜聽著彼此的呼吸。

林木輕輕撞了撞他的額頭，看著他們交握的那隻手，小聲嘀咕，「你怎麼這麼熟練啊？」

晏玄景回答得十分警覺，「天生的。」

「……哦。」林木感覺渾身發燙，整個人都迷迷糊糊的，過了好一會才後知後覺地偏頭，看了一眼剛剛秦川的所在位置，發覺秦川不見了。

他愣了愣，「秦川呢？」

「出去了。」晏玄景眼都不眨一下，並迅速轉移了話題，「你一整晚沒休息，要不要睡一覺。」

林木看著晏玄景一邊說，一邊一揮手把床上的小桌板和紙牌全都扔到了一邊，兩隻大手握著被子輕輕一抖，就一副要跟他睡覺的樣子。

晏玄景低頭看了看自己身上的長袍，剛抬手準備脫掉，就被林木慌張地攔住了。

林木結結巴巴地說道：「我我我我們這樣會、會不會太快了。」

晏玄景的動作一頓，一張臉上帶著一分疑惑九分認真，張口就說：「不快，我父親與母親一見傾心二見鍾情三見死心塌地四見直奔床笫……」

林木渾身一震，小心翼翼地問道：「你們妖怪……都這樣嗎？」

林木這個問題實在太過於實誠，實誠到讓晏玄景都升起了幾分歉疚來。

他沉默了兩秒，搖了搖頭，實在不好意思哄騙林木這個什麼都不懂的小半妖。

「特例。」他說完這話，乾脆變回了本體。

只是這回不再是幼年的模樣了，而是占據了小半張床的大小。

他趴在床上，九條長長的尾巴一甩，便像是絨毯一樣蓋在了林木身上，綿軟順滑，觸感極佳。

「睡吧。」他說道。

林木應了一聲，伸手抱著三條大尾巴，頭還枕著一條，從一堆毛茸茸的尾巴裡探出頭來，一邊蹭著毛一邊問道：「我們這算在談戀愛了嗎？」

「嗯。」晏玄景抽出一條尾巴來，輕輕拍打著林木。

林木猶豫了一下，「可是你不是少國主嗎？」

「嗯？」晏玄景不明白林木的意思。

「不需要有後代之類的嗎？」林木問。

晏玄景倒是沒想到林木竟然想得這麼遠了。

他搖了搖頭，「青丘國不是世襲制。」

林木放下心來，抱著懷裡的毛茸茸尾巴，過了半晌，又說道：「談戀愛的話是不是應該說點甜言蜜語？」

晏玄景聞言，尾巴的動作一頓。

他沒有回應，面無表情地搜腸刮肚了好一陣子，也沒能找出什麼甜言蜜語來。

晏玄景：「……」

這就涉及到他知識的盲點了。

林木現在也在思考，思來想去竟然也想不到能稱得上甜言蜜語的話。

兩個第一次談戀愛的生手躺在床上，大眼瞪小眼，面面相覷。

大概是心裡記掛的事情終於放下了，林木一覺睡了個昏天黑地，一直睡到了第二天一大早。

被人類除籍之後最大的好處，大概就是用不著按時作息也不會感覺到什麼異常，即便一整天都沒吃飯就睡著，身體也沒有發出抗議。

林木早上爬起來，拉開窗簾看了一眼，發現帝休他們還在外面。

也許是不放心聶深一個人待在院子外，所以一直陪著。

林木看了一眼沐浴著日華、不打算爬起來的牛奶糖，翻身下床跑去洗漱。

小人參攀著洗手間的門，小臉紅撲撲的，圓溜溜的大眼睛在林木身上轉了好一會，把林木盯得頭皮發麻。

林木把手裡的毛巾洗了掛好，轉頭看向他，無奈地問道：「你在看什麼？」

「我聽秦川說你和牛奶糖那個那個了。」小人參說完，皺了皺鼻子，「好像也沒有什麼變化啊。」

林木：「？」

你們滿腦子都是些什麼有色廢料？？

「我跟秦川一起看書，書上說那個那個之後會功力大漲原地飛升！」小人參說完，十分失望地看著林木，「林木你怎麼一點變化都沒有。」

林木擦乾了手，面無表情，「……什麼書？」

「《重生修仙之雙〇寶典》。」小人參答道。

「……」林木拍了拍小人參的腦袋。

「少看人類寫的那些花俏的壞東西。」

「……哦。」小人參跟林木顯得一言難盡的目光對視了好一會，乖乖地點了點頭，「今天早餐吃酸菜肉包、冬粉包、燒賣和豆漿油條！」

林木被小人參拉著手進了廚房，發現今天的早飯相當豐盛。

他拿碗裝了冬粉包和兩個燒賣，又倒了杯豆漿，「今天怎麼這麼多？」

「因為有客人嘛。」小人參又新拿了個碗出來，各裝了一個，又拿了杯豆漿，跟在林木後面走出了屋子，嘴上童言童語地嘮嘮叨叨，「就是那個聶深呀，雖然他看我們的眼神有點怪怪的，但是他好聽帝休的話。」

林木聞言，提醒道：「還是不要跟他走太近——暫時。」

小人參仰著頭看著林木：「為什麼呀？」

「你不是說他看你們的眼神有點怪嗎？」林木說道：「他大概是不明白為什麼你們沒有弄死我，或者是我沒有殺掉你們。」

小人參一呆，「沒……沒有呀，他很乖很聽話。」

林木打開了院子門，聽到小人參這麼一說，偏頭看了看他，「他是在大荒鬧出事情來的那個妖怪。當初你從山裡跑出來不是因為好多大荒妖怪跑到中原來住進了山裡嗎？他就是那個罪魁禍首。」

小人參愣住了，他傻呼呼地跟在林木後面出了院子，又傻呼呼地把手裡的早餐交給了聶深，又看到林木跟帝休打了個招呼，大大方方地往聶深旁邊的小矮凳上一坐。

林木問聶深：「你準備住哪裡？」

聶深剛拿起一個軟呼呼的滾燙包子，正觀察著這玩意，聽林木這麼一問，目光便看向了林木的小院子。

他對於住所這個東西其實是無所謂的。

橫豎他也沒有能夠稱之為家的地方，住哪裡都一樣。

既然哪裡都一樣，那當然是距離帝休越近越好。

林木順著他的目光看過去，頓了頓，「你進不去。」

聶深於是收回了視線。

他也明白林木他們不可能因為他就把這一圈朝暮撤掉。

朝暮那麼好用，只要是身上孽障稍微深一些的非人類湊近一點，一不小心就會被燒成灰燼。從安全方面而論，那可是極有安全感的防護。

就連九尾狐的幻術和層層疊加的陣盤也比不上。

「我在外面就好。」聶深說道：「你們也不放心我隨便出去。」

林木聽他這麼說，沉默了一會，覺得也是。

雖然讓聶深留在院子外也很讓人不安，不過總比他消失在自己眼皮底下要好。

聶深見林木沒有反對，便看了看他，學著林木的樣子掰開包子，慢吞吞地咬了一口，頓了頓，又吃了一口。

小人參坐在旁邊看著他，見他幾口吃完了包子，又去掰燒賣，忍不住出了聲，

「直接吃就可以了。」

聶深聞言，向他點了點頭，咬了一口燒賣。

小人參問：「好吃嗎？」

聶深低低地應了一聲，認認真真地吃完了碗裡的早餐。

說來可能沒人相信。

他活了八百餘年，極少吃到這種正經的食物。

細細想來，以往他感到饑餓的時候，總是選擇直接吃掉撞上來的妖怪。

大荒的絕大部分妖怪都是如此——而聶深本人也沒有在正統妖怪的城池中生活過。

原來普通人類和妖怪平時吃的東西是這些。

好吃。

比那些妖怪好吃多了。

小人參撐著臉看了聶深好一會，伸手把他和林木兩個人的空碗和杯子接過來，「噠噠噠」地回了屋子。

帝休看了一眼小人參的背影，輕飄飄地坐到林木身邊，說道：「那是個好孩子。」

林木點了點頭，遞了張衛生紙給聶深擦手。

他明白帝休指的是什麼，他剛剛提醒小人參小心聶深的時候可沒特意藏著遮著，在院子外的帝休和聶深應該聽得清清楚楚。

可是小人參並沒有因此就選擇疏遠聶深。

不輕信他人言，選擇用自己的雙眼去看。

雖然是個比較笨比較容易吃虧的方法，但笨也有笨的可愛之處。

聶深並不那麼通人情世故，對於小人參的舉動沒有絲毫感觸。

他學著林木的樣子把手擦乾淨之後，發了好一會呆，微微偏過頭，問林木：

「善事怎麼做？」

問完他頓了頓，又問：「什麼是善事？」

林木被他問得一愣，轉頭看了一眼帝休。

帝休跟他對上視線，微微嘆了口氣。

要教會已經擁有一套完整價值觀的妖怪怎麼才是正常的，可比教一個什麼都不懂的寶寶要困難得多。

林木想了想，答道：「善事的話，很多吧，小的比如扶老奶奶過馬路，在公車火車上讓座，隨手幫助路人什麼的——就比如你之前送譚老師去醫院這件事，雖然你的出發點是偏的，但也確實是善事。」

聶深微微擰起眉頭，看起來不大懂。

林木又說道：「大一點的善事呢，就比如大額捐款，地震救災，救人一命，阻止傷亡拯救世界什麼的，總之來說就是救的人越多越好吧。」

說完這些，林木自己也有點不大確定。

畢竟他如今所見的世界跟他還是個普通人類時不一樣了。

他現在瞭解的世界裡，牽扯著各式各樣的因果和他怎麼都搞不明白的定數，還有一些亂七八糟的東西。

用善和惡來定義一件事情，這本身就是很偏頗的。

更何況好心做壞事的情況實在不少見，其他那些就更不用說了。

林木思來想去，乾脆地說道：「反正阻止大規模傷亡的事情，肯定是大善事。」

聶深聽他這麼一說，點了點頭：「我明白了。」

林木轉頭看看他，有點不大確定聶深明白什麼了，但想了想自己剛剛的說法，又覺得找不出什麼錯誤來。

於是他乾脆懶得思考了，想著聶深反正都已經處在監視之下了，也不至於在中原鬧出什麼事情來。

林木低頭看了看時間，說道：「我準備去上班了，我聽晏玄景說你應該是被安排進公所了？」

聶深乖乖點頭，正如小人參所言，他對林木和帝休說的話相當順從。

跟帝休一起待了一天兩夜，聶深只覺得自己的頭腦從來沒有這麼清明過。心中一直翻湧著的憤恨和迫不及待的詰問消失得無影無蹤，通體舒泰。

林木乾脆帶著聶深上班去了，走前特意跑到樓上去抱著牛奶糖親了一口，被九條尾巴抹了臉之後甜滋滋地出門了。

林木離開之後，晏玄景翻了個身變回人形，摸出手機來搜尋了一圈，然後同樣起身，離開了小院子。

聶深看著林木路過村口的時候被德叔的太太喊住，說是今早家裡幾隻老母雞下了不少蛋，要他晚上回家的時候順便拿點回去吃。

林木高興地應了聲「好」，哼著歌帶著聶深上了火車。

聶深頭一次坐這種交通工具，在林木身邊正襟危坐，觀察著車廂裡的人類。

他來中原的時日不長，剛來不久就發現了林木，然後就被晏歸逮住了，以至於根本沒有多少時間來觀察中原是什麼模樣。

聶深甚至看到有個人類直接在座位上睡著了，對於周圍的人類沒有絲毫防備。

他對於這樣過於平和的環境感到了幾許不適。

林木偏頭看看他，「怎麼了？」

「很奇怪。」聶深答道。

林木看著這平平無奇的車廂和平平無奇的清晨，「很正常啊，有什麼奇怪的？」

聶深茫然地看了林木一眼，頓了頓，搖了搖頭，不說話了。

他從未經歷過這樣平和的環境，但林木一點都不覺得這樣有什麼異常。在他眼中過於奇怪甚至於畸形的景象，在林木和這些人類眼裡卻是相當平常的事情。

聶深沉默地跟在林木背後，看著林木走出車站買了幾袋小零食，每一份都分了他一點。

「你好像沒怎麼吃過這些。」林木對他笑了笑，「都可以試一試，也許你會喜歡上中原。」

聶深聞言，接過了林木遞給他的小零食，看了一眼又轉頭去買蒸餃的林木，學著林木剛剛的樣子把包裝拆開。剛一拆開，他就聽到旁邊蒸餃攤子的老闆娘說道：「小伙子要注意身體啊！」

聶深偏頭看過去，發現那個胖胖的老闆娘笑容燦爛真摯地看著他。

他沒說話。

林木接過了老闆娘的話頭，說：「加班加得多嘛。」

老闆娘動作俐落地包好了一份蒸餃，說道：「年輕人不要這麼拚，身體不好了，掙來的錢以後都用在醫院囉。」

「沒辦法嘛。」林木接過蒸餃，跟老闆娘道了謝，帶著聶深往辦公室的方向走，一邊走一邊說道：「中原雖然並不是完全和平，不過普遍來講都挺好的。」

聶深慢吞吞地吃著肉乾，說道：「因為他們不知道你是半妖。」

「他們知不知道又有什麼關係？」林木覺得有些奇怪，「別人向你傳遞善意的時候，你安心接受就好了，也不用非得去想為什麼才會得到這份善意，這樣活著多累。」

聶深從沒聽過這樣的說法，一時間竟呆住了。

林木繼續說：「而且啊，我聽晏玄景說，大荒本來有不少妖怪勢力想要招攬你，但你從來沒表露過想要交流的樣子，就是一直殺殺殺，所以他們就沒有這個打算了。」

聶深滿臉茫然，嘴唇張合了兩下，發出幾聲氣音來，「……真的？」

「我騙你做什麼？」林木打開了辦公室的門，跟已經在裡面的大黑和吳歸打了聲招呼，說道：「晏歸肯定也是想招攬你才會讓你做善事，不然他好好一個青丘國的國主，幹嘛要跟你做兩百年的約定。」

這當然是為了讓聶深能夠保持清醒的理智，回頭好幹活啊。

雖然大荒的妖怪勢力硬要說的話是千不管萬不管，不管恃強凌弱、不管私仇，但他們管貿易流通和領土啊。偶爾還會做一做拓展領地的事情，簡稱打仗。

總之來講，身在妖怪勢力之中，只要參與進貿易生產，哪怕是個只會晒太陽努力開花結果的弱小樹妖，在沒有仇人報復的情況下，也會被庇護。

但如果只是單純地進入妖怪的城池，在其中無所事事——不論是找不到事情做還是懶惰，那麼庇護與和平也不會降臨到他們頭上。

幹活的妖怪才會被保護，不幹活的要麼足夠強，要麼就等著被別的妖怪趕出去。

一個城池就那麼大，工作就那麼多，機會被無數人爭搶，搶不過就被趕走。

除非因為種族天賦而有一技之長或者本身就十分強大，不然想要在城池中立足是相當困難的。

可惜聶深之前進入那些妖怪城池的時候，並沒有深入瞭解這些東西，只看到了弱小的妖怪也能安然活著這一點，從而理解成了諸多不公。

不過他也沒錯。

確實是有種族歧視，畢竟絕大部分的妖怪都沒有特殊的生產天賦，半妖就更別說了，能力上來說就是天生殘缺。

有新的妖怪進入城池，第一個尋找的目標就是這種說強不強、說天賦也沒多特殊的妖怪和半妖。

林木把他旁邊的那個辦公桌整理好，讓聶深坐在這裡，又從抽屜拿出一臺kindle，搜了一下善人善事，然後遞給了聶深。

因為自己一時間舉不出什麼例子，所以最好還是求助包羅萬象的網路書籍範例比較有用。

也許能給聶深一點靈感。

大黑和吳歸看著聶深捧著臺kindle乖乖地坐在那裡看書吃蒸餃，倒也沒有多驚訝。

晏歸昨天找他們說明情況的時候，他們就已經有心理準備了。九尾狐手段通天，馴服一個妖怪是多簡單的事。

讓他們暫時接收一個妖怪而已，簡簡單單。

以前這種事情又不是沒有過。

倒是大黑看著林木，發覺林木整個人如沐春風紅光滿面，問道：「你是遇到什麼好事了嗎林小木？」

吳歸聽到這話，抬眼看看林木，一捋鬍子，「桃花開了。」

大黑一愣，「跟晏玄景開了啊？」

吳歸聞言，眉頭一挑，「不然還有誰？」

林木可比大黑驚訝多了。

他愣愣地看著他們，遲疑著問道：「什麼意思啊？你們都知道了？」

「你一身狐狸氣味那麼重，肯定是天天跟那隻九尾狐湊在一起啊。」大黑說道：「而且除了你，我還真沒見過有誰敢把九尾狐當狗養還沒被咬死的。」

大黑這麼一說，林木先是低頭聞了聞自己，聞了半天也沒聞出除了沐浴乳以外的味道。

倒是大黑一說把九尾狐當狗養這件事，林木突然就想起大黑之前幹的好事了。

他翻舊賬，「你不說我都忘了，之前帶你去我家，你不是說牛奶糖就是狗嗎！」

大黑脖子一縮，然後又一伸，理直氣壯，「晏玄景要我保密的！他說沒必要告訴你，還說他反正很快就會走！」

「哦？」

林木把大黑跟牛奶糖都記上了黑名單。

在網上找了一圈甜蜜攻略，正在花卉市場尋找相思樹種子，準備買回去種一盆出來送給林木的晏玄景感覺背後吹來了一陣沁涼的風。

晏玄景：「？」

辦公室三個妖怪難得到齊，林木跟大黑有一搭沒一搭地拌嘴，旁邊的吳歸端著茶杯，笑咪咪地聽著兩個年輕妖怪耍嘴皮子。

「對了老烏龜。」大黑轉頭看向吳歸，從抽屜摸出了幾個玉盒，放到了吳歸面前，滿臉得意洋洋地等著誇獎。

吳歸看了他一眼，打開了盒子。

一股清透微涼的氣息霎時瀰漫開來。

這種會令人精神一震渾身清明的氣息，林木曾經感受過，那是晏歸從自己的小倉庫翻出一大堆靈藥來交給帝屋的時候。

那個時候就隱隱約約能夠嗅到這樣的氣息。

是年份不小、經歷漫長的時間和風霜沖刷之後，即將要生出靈智的靈藥。

跟林木自己家種的那種，被日月精華和帝休的力量催生成熟的靈藥是完全不一樣的兩個等級。

林木家種的靈藥絕對不可能擁有這樣的氣息，因為它們從種子到成熟的時間太短了，有點算揠苗助長。藥用效果雖然依舊強悍，但真要說，是根本比不上自然生長的靈藥。

不過單純用作療傷和儲存靈氣的話，林木自家種的靈藥完全足夠了。

反正這些靈藥也只供給帝休一個人。

現在大黑竟然能拿出這樣的靈藥，讓林木實在有些驚奇。

驚奇的除了林木還有吳歸。

他「啪」的一下合上玉盒，愣了好一會，抬眼看向大黑，「你從哪弄來的？」

大黑甜滋滋地說道：「我前幾天幫林小木找資料的時候偶然發現的。前兩天不是週末嘛，我跑去記載的地方，發現還真的有。」

吳歸聞言，看了看大黑今天的穿著。

非常難得的，打從老奶奶走後就放飛自我，天天穿寬鬆的短袖T恤加海灘褲的大黑，今天穿的竟然是長袖上衣和長褲。

因為同樣是休閒風格，辦公室的另外兩個人也沒覺得有什麼不對。

吳歸一抬手，直接把大黑身上這件上衣掀了起來。

大黑一驚，連忙打掉了老烏龜的手，一臉被侵犯了的表情，「你幹嘛啊！」

雖然他的動作夠快，但在座的都不是普通人，依舊在動作間清楚看到了他身上非常新的傷疤。

吳歸深吸口氣，剛想說什麼，辦公室的電話就響了起來。

林木剛伸手準備接，大黑就竄過來搶先拿起了話筒，幾聲應答之後掛了電話，拉起坐在一旁的林木就衝了出去。

一直在旁邊觀察的聶深愣了兩秒，也迅速起身追了過去。

——整間辦公室裡，讓他在意的人僅有一個林木而已。

大黑拉著林木跑得老遠，一直到林木反手扣住他，這才停下腳步來。

林木看著他，問：「什麼事啊？」

大黑重新邁出步伐，答道：「住宅區有對妖怪夫妻要打起來了，他們的孩子打電話過來求助。」

林木點了點頭，對於這種事倒也不怎麼意外。

他們公所的職責範圍比普通公所廣多了，雜七雜八什麼都幹，就連妖怪要在人類世界買房產，辦手續走的都不是地政司而是他們這裡。

因為種族天賦的緣故，林木自帶滅火效果，基本上有什麼糾紛，只要他往那裡一站，再說上幾句話，過不了幾分鐘，要打起來的人類和妖怪就都安安靜靜地坦白和解了。

所以每次有什麼糾紛事宜，都會帶林木去。

兩個妖怪要打架，這種事說大不大說小不小，但在人類聚集的地方打起來，危險性還是很高。

大黑跟林木火速趕到了現場，無比熟練地解決了這場糾紛。

而聶深比他們的速度快多了，一下子就追了上來，站在旁邊看完了全程。

無非就是男方出軌女方氣炸，但是妖怪爆炸的點跟人類不大一樣。

女方氣的不是男方出軌這件事，而是男方出軌的對象竟然是個弱得要命的人類。

她哪裡不如一個弱雞人類了！

大黑和林木跟普通人類也不一樣，他們一向是勸分不勸和，聽到是這麼回事，幾乎毫不猶豫地齊聲說道：「建議離婚，孩子歸妳。」

反正孩子不可能給出軌到人類那邊去的男方，不然鬧出什麼事來都難說。

聶深不解地看看大黑，又看看林木，說道：「建議殺了。」

幾個妖怪齊齊轉頭看向他，林木率先開口，「你閉嘴。」

聶深乖乖閉上了嘴，看著女妖怪當場就抱著孩子直接拍拍屁股走了，而林木和大黑在完成對那個男妖怪的說教和記錄之後，也離開了屋子。

聶深跟在他們旁，問道：「為什麼不殺了？」

「因為沒必要啊。」林木說道。

聶深想起他剛剛看到的那些亂七八糟的新聞，試圖以自己剛瞭解的人類邏輯來推測，「他比那個女妖怪強，丟了面子，可能會報復。」

林木轉頭看向他，點了點頭，「你說得對。」

聶深：「？」

「可是那跟我們就沒關係了，因為要報復的話，不論離不離婚都會被報復。」林木說道：「實在不行的話那個女孩子會選擇求助。」

聶深不能理解。

明明是直接弄死就能解決的事情，為什麼要搞得這麼麻煩？

「因為中原不適合打打殺殺。」林木指了指街上幾個穿著制服湊在一起拍影片的小孩子，「你看這些小孩子，如果什麼錯誤都乾脆俐落地用『殺掉』來解決的話，他們就不會這麼自由自在地玩耍了。」

聶深更不能理解了，「這跟他們有什麼關係？」

大黑湊過來，幫林木說道：「因為這個時間學校在上課，他們是蹺課，對學生來說，這是大錯。」

林木點了點頭，「不管是人還是妖怪都有叛逆期嘛，不能什麼事都乾脆殺了，那是暴君的行為。你看你，犯了那麼大的殺孽，現在不是也過得好好的。」

聶深聞言，糾正道：「我沒錯。」

林木聞言，轉頭看向聶深，沉默半晌，最後乾脆選擇放棄。

「……好，你沒錯。」

這種有自己邏輯的妖怪要矯正實在是太難了，林木選擇把這份艱難的任務完全交托給他無所事事的爸。

林木轉頭看向大黑，問他：「你那盒靈藥是怎麼回事啊？」

「老烏龜那個兒子不是一直沒恢復嗎？他就是在找這個靈藥。」大黑撓了撓頭，「我當初剛成精從地府爬回來的時候，是老烏龜把我撿回來的，不然我到現在還是隻什麼都不懂的流浪狗呢。總得報答他。」

「我記得他兒子也是個半妖。」林木說道。

大黑點了點頭，「是啊。」

聶深聞言偏過了頭，打量著大黑。

「這次也是正巧嘛，之前幫你查資料的時候看到有個中原出身的大妖曾經在太行山脈立過洞府，還簡單地提了進去的方法，我就趁著週末去試了試。」

大黑咧嘴笑了笑，「可能是因為我只拿了那一株靈藥吧，所以那位大妖留下的落雷只是讓我受了點皮肉傷，比在地府那幾十年輕鬆多了。」

林木看看他，低頭摸出了晏玄景交給他的一個小布袋，從裡面取出一盒傷藥交給了大黑。

大黑看了看這盒子，「這是什麼？」

「傷藥，晏玄景給我的。」林木答道。

這是晏玄景第一次爆打他之後幫他塗的傷藥，效果也就比活死人肉白骨稍微差了一點點。

這麼說來，晏玄景當初毫無常識地跟他說挨打可以變強，還拐他去跳過樓。

林木看著大黑甜滋滋地接過傷藥，回憶起之前晏玄景的種種悶騷舉動，只覺得心如止水。

當初大概是被蒙蔽雙眼，狐狸精說什麼就是什麼。

誰叫晏玄景有那麼一張漂亮的臉，還有一身讓人愛不釋手的毛茸茸毛皮呢！

一行非人類慢吞吞地往回走，路過一家小餐館的時候，看時間差不多了，就乾脆走進去，點了幾份小炒外帶。

吃飯當然是帶回去吃，不然老烏龜一個人吃飯多寂寞。

小餐館的電視正在播新聞，林木掃了一眼，又是常見的國外水深火熱系列，忍不住嘀咕了一句，「中東又打起來了啊。」

大黑又要了幾份小菜，應道：「是啊，所以咱們這和平得好。」

來的時候急匆匆，回去的時候林木跟大黑提著飯盒，晒著太陽走得十分悠閒。他們有一搭沒一搭地聊著，天南地北國際內外，在一旁安安靜靜當小跟班的聶深聽著，若有所思。

林木推開辦公室的門，「回來啦！順便買了午餐！」

很不巧，辦公室有四戶來辦戶口和房產登記的妖怪，林木他們也沒辦法馬上吃飯，放下飯盒就開始了工作。

等到他們把這四戶處理好，湊到吳歸辦公桌邊打開了一個配飯影片，並把四個飯盒都擺開的時候，才後知後覺辦公室好像少了個東西。

三個妖怪齊齊一愣，吳歸率先反應過來，從抽屜裡摸出一張世界地圖，一拉開，就看到代表聶深的標記停在了中東地區。

「？」吳歸滿頭問號，「他去那裡做什麼？」

他倒是不怎麼擔心聶深會鬧出什麼喪心病狂的事情，他身上傳承了這麼多年的禁咒可不是開玩笑的。

就在吳歸話音剛落的時候，他們面前的電腦螢幕右下角彈出了一個即時新聞通知視窗。

上面赫然寫著：**本報訊，當地時間上午八點整，中東地區交戰雙方武器庫同時遭到爆破，目前進入停戰狀態，至發稿時止，沒有組織發表聲明對此事負責。**

吳歸：「……」

林木：「……」

大黑：「……」

林木沉默了好一會，恍惚想起了自己早上好像跟聶深說過「阻止大規模傷亡肯定是件大善事」這麼一句話。

林木：「……」

告非！

我怎麼就沒管住我這張嘴！

——《非人類公所值勤日誌03》完

高寶書版集團
gobooks.com.tw

BL066
非人類公所值勤日誌03

作　　者　醉飲長歌
繪　　者　cyha
編　　輯　薛怡冠
校　　對　林雨欣
美術編輯　彭裕芳
排　　版　彭立瑋
企　　劃　李欣霓、黃子晏

發 行 人　朱凱蕾
出　　版　三日月書版股份有限公司
Printed in Taiwan
地　　址　臺北市內湖區洲子街88號3樓
網　　址　www.gobooks.com.tw
電　　話　(02) 27992788
電　　郵　readers@gobooks.com.tw（讀者服務部）
傳　　真　出版部　(02) 27990909　行銷部 (02) 27993088
郵政劃撥　50404557
戶　　名　三日月書版股份有限公司
發　　行　英屬維京群島商高寶國際有限公司台灣分公司
Global Group Holdings, Ltd.
初版日期　2022年3月

本著作物《非人類街道辦》，作者：醉飲長歌，由北京晉江原創網絡科技有限公司授權出版

國家圖書館出版品預行編目(CIP)資料

非人類公所值勤日誌/醉飲長歌著.-- 初版. -- 臺北市：三日月書版股份有限公司出版：英屬維京群島高寶國際有限公司臺灣分公司發行, 2022.03-
面；　公分. --

ISBN 978-986-0774-56-6 (第3冊：平裝)

857.7　　110020456

◎凡本著作任何圖片、文字及其他內容，未經本公司同意授權者，均不得擅自重製、仿製或以其他方法加以侵害，如一經查獲，必定追究到底，絕不寬貸。
◎版權所有　翻印必究◎

三日月書版

三日月書版

GOBOOKS & SITAK GROUP ©

GOBOOKS
& SITAK
GROUP©